Orfandad

Orfandad
El padre y el político

Primera edición: septiembre de 2015

www.megustaleer.com.mx

Comentarios sobre la edición y el contenido de este libro a:
megustaleer@penguinrandomhouse.com

ISBN 978-607-313-435-4

Impreso en México/*Printed in Mexico*

Orfandad

El padre y el político

Federico Reyes Heroles

Para Natalia y Leonora,
por el abuelo que no conocieron

"La reputación tiene una extraña vida propia, sobre la que el sujeto en cuestión tiene poco o ningún control."

ALDOUS HUXLEY

1.

La tarde del primero de marzo de 1985 recibí una llamada. Era mi padre. Necesitamos platicar todos. El tono no era normal. *Todos* implicaba los otros tres miembros de la familia: mi madre, Jesús mi hermano y yo. Un par de horas después nos reuníamos en su habitación. Tenía un cigarro en la mano y su rostro mostraba una tristeza muy profunda. Sin más nos dijo, me voy a morir.

2.

No sé bien cuándo ocurrió. La mente está llena de mañas, a veces son para bien y a veces no. Ya siendo adulto un amigo me lo señaló, que curioso hablas de Reyes Heroles; como si fuera alguien ajeno, extraño. Yo no había registrado la diferencia en mis expresiones. En algún momento de mi vida mi mente consideró que era mejor separar —por lo menos en las formas— a mi padre de la figura pública de Jesús Reyes Heroles. ¿Precaución?, ¿salud mental? Puede ser. El hecho es que, desde muy joven, cuando contaba anécdotas del político y del hombre público, hablaba de Reyes Heroles. A él lo veían en la televisión o leían de él en los periódicos. Pero en mi vida había otro personaje, el padre con el que de niño jugaba a guerras de almohadas, el que nos trenzaba a mi hermano y a mí entre sus piernas en una lucha masculina, un poco brutal pero cariñosa, que por supuesto no era del agrado de mi madre. Su cama terminaba hecha un desastre, la lámpara del buró en el piso, eran las consecuencias de la batalla en la que él siempre ganaba dominándonos a los dos. Pero al fin y al cabo eran una sola persona: mi padre y Reyes Heroles.

Con los años he descubierto que a muchos les cuesta trabajo establecer puentes entre el hombre público y ese otro personaje que deambula por mis recuerdos. Los estereotipos son muy pesados. Pero les garantizo que eran el mismo.

3.

Nací en 1955. Mi padre murió en 1985. Yo tenía treinta años, era un hombre joven, pero ya un hombre casado con mi compañera de vida: Beatriz. Por eso desde entonces no compro ningún tipo de boletos o billetes de sorteos, ¡ya me saqué la lotería!

En el 2015, ambos, mi padre y Reyes Heroles, ambos, cumplen treinta años de habernos dejado. Utilizo la primera persona del plural porque ni yo ni nadie es dueño de la figura pública que muchos siguen recordando. Soy padre de dos tesoros y la mayor está por llegar a la edad en que yo perdí a mi padre. A mi vez me acerco a la edad en la que él murió. Nadie se puede reclamar huérfano por perder a su padre a esa edad. Yo ya era profesionista, tenía un par de libros publicados, trabajaba en la UNAM con un sueldo decoroso, y publicaba semanalmente en el *Unomásuno*. Pero hoy algo me queda claro: la muerte de mi padre marcó mi orfandad.

Si de tropas se tratara, tropas que van al combate por la vida, una lucha que, sin saber bien a bien por qué, damos a diario, la muerte de mi padre supuso que los que iban en la primera línea, mi general, mi guía, la figura señera marcada por la experiencia, cayera muerto. A partir de ese momento yo pasé a la primera fila, soy el próximo si la vida sigue su curso normal. Es lo deseable, aunque sea extraño hablar de la muerte de uno mismo en esos términos. Mi vida se sacudió.

Por más canas que peinara mi padre, por más líneas de vida que llevara su rostro, por su lucidez, por su pasión vital, por sus proyectos, el final de su vida no debía estar cerca. La esperanza de vida hoy ronda los setenta y cinco años, mi padre tenía sesenta y tres, era un hombre joven, por lo menos así lo aprecio hoy que me aproximo a esa edad y me sigue gustando ponerme jeans y sudar en la caminadora o trotando en la calle. Sesenta y tres hoy me parecen muy pocos.

Mi madre lo sobrevivió casi un cuarto de siglo. Su muerte fue muy diferente, sorpresiva, pero anunciada. Nada por arriba de los ochenta y cinco es totalmente sorpresivo. El final de su novela se acercaba, las páginas se iban acabando, el tramo por recorrer se empequeñecía, el ocaso ya había iniciado. Para ella el punto final de su historia estaba en el horizonte. Madre de dos, abuela de cinco, bisabuela de uno. Una vida plena con final solitario por elección. No fue el caso de mi padre. Lo suyo fue como un libro al cual se le arrancan los últimos capítulos, un libro trunco, inacabado. Él estaba entero y murió. Enamorado del pensamiento, de la acción, de la vida misma, nunca estuvo, sin embargo, obsesionado en prolongarla. En los hechos, la acortó.

4.

¿Cuándo comprendí que mi padre pertenecía además a otro mundo más allá del hogar? Difícil decirlo, pero las primeras señales me llegaron desde muy niño. Lo primero fue enterarme que por un milagro no había muerto en un accidente automovilístico por querer ser diputado, expresión que no me decía nada; el accidente ocurrió durante la campaña. Debe haber sido en 1961, yo tenía seis años. O sea que eso de ser diputado entrañaba sus riesgos, pero la verdad sea dicha, yo no entendía nada de la responsabilidad que implicaba.

Después recuerdo cuando íbamos a una tienda que me parecía espectacular en el sótano y estacionamiento de las oficinas centrales del IMSS, allá en el Paseo de la Reforma. Era el edificio construido por el arquitecto Carlos Obregón Santacilia, que hoy es un icono de su arquitectura. Para mí todo esto simplemente no existía. Yo iba a una tienda. Reyes Heroles era subdirector general. La tienda institucional a la cual mi madre acudía a hacer las compras era en realidad muy pequeña, pero seguramente se ahorraban algunos pesos. De vez en vez subíamos a su oficina, queríamos saludarlo, pero la visita sólo duraba un par de minutos. Estaba siempre muy atareado, serio, dando instrucciones, contestando el teléfono, no tenía disposición para charlar con nosotros. Su actividad no era juego, eso era evidente.

El asunto de lo público se volvió más claro cuando mi padre, futuro Reyes Heroles, llegó a la dirección de Pemex en 1964. Hasta entonces mi vida era normal, yo asistía a "El Alemán", era uno más. Años después les pregunté a mis padres por qué me habían inscrito en "El Alemán" si ninguno de los dos tenía ascendencia ni hablaba el idioma. Su respuesta fue tan sólida como incompleta: es laico, mixto y se imparten idiomas, alemán e inglés.

Sonaba muy consistente, más aun viniendo de un liberal, concepto que por supuesto yo no tenía en la cabeza. Lo que sí sabía es que, a diferencia de mi madre, él no iba a la iglesia. Pero con el tiempo, sobre todo el primer día que tuve que subirme a un automóvil para ir a la secundaria, caí en cuenta que había otra razón muy poderosa para haberme inscrito en "El Alemán": la cercanía del plantel, que estaba a escasos quinientos metros de casa de mis padres. Entendí que mi padre tenía un chofer que él no pagaba, lo cual en la casa era novedad, porque a diario tenía que ir lejos a tratar asuntos importantes. Eso era el IMSS. Ya en Pemex también recuerdo haberlo visto llegar en un automóvil negro, que no era el suyo, acompañado por unos motociclistas. Yo jugaba en el parque, su chofer venía detrás. El presidente le había dado "aventón" al sur de la ciudad. De nuevo, era otro México. Pemex fue la puerta de entrada de Reyes Heroles a mi noción de hombre público.

5.

Reyes Heroles era un *workaholic.* Trabajaba mucho y también por gusto. Como se diría en lenguaje vernáculo, descansaba haciendo adobes. Los fines de semana, o escribía, o había gira. Ya en Pemex, para mantener los tiempos familiares, lo empezamos a acompañar los fines de semana a rondas de trabajo. Nos hospedaban en alguna de las casas de la empresa y con frecuencia, mientras él hacía lo suyo, nos llevaban a campos petroleros, refinerías e, incluso, llegamos a ir a plataformas marinas. Recuerdo que algún trabajador de Pemex arrojaba latas vacías para mostrarnos cómo las barracudas se arremolinaban para comérselas. La conciencia ecológica simplemente no existía. No había más que hacer. De hecho, las casas de visitas se explicaban porque en muchos sitios no había ni siquiera hoteles. Por supuesto, las instalaciones petroleras me impresionaron mucho. Pero hubo algo aún más impactante: el peligro que rondaba a esa industria.

Recuerdo a mi padre un domingo en casa, con el rostro severo, el cigarro en la mano, preguntando por teléfono cuántos muertos van. Un remolcador se había hundido. Era sólo el inicio. Hubo una explosión en Poza Rica y Reyes

Heroles se trasladó allá por semanas, se quemó las manos con unos tubos y tuvo que regresar al quirófano pues, al brincar en una instalación humeante, se le abrió una hernia. Hubo muchos más accidentes y varios incidentes de otra índole pero igual de peligrosos. Fue en su tránsito por Pemex que comprendí que ser funcionario, hoy servidor, traía muchos problemas. Desde entonces perdí la visión romántica de la política. En ese camino había muchos sacrificios, por lo menos en la versión de Reyes Heroles.

6.

¿Cómo fue que un abogado sin ninguna experiencia en el sector de energía llegó a ser director general de Pemex? Muchos especulan que Reyes Heroles y Díaz Ordaz llevaban una relación previa. Es falso. Él platicaba la historia, la escuché mil veces. Fue invitado para pronunciar el discurso conmemorativo del 20 de noviembre de 1964, es decir, unos días antes de la toma de posesión de Díaz Ordaz. Sus libros, sobre todo *El liberalismo mexicano*, sus ensayos en *El Trimestre Económico* y en muchas otras publicaciones, ya le habían generado prestigio (recomiendo el estudio introductorio de Eugenia Meyer a sus *Obras completas*, editadas por el Fondo de Cultura Económica).

Quizá eso explica la invitación a pronunciar el discurso. Pero, ¿y la dirección de Pemex?

La anécdota es la siguiente. Al terminar el discurso que, según relataba, fue muy aplaudido, Reyes Heroles pasó a saludar al *presídium,* en el cual estaba el presidente en turno, López Mateos, y también el presidente electo, Díaz Ordaz. Al llegar a él, Díaz Ordaz lo felicitó por sus conceptos usando un tiempo que me imagino un poco excedido y atípico. Después Díaz Ordaz sacó una tarjeta de la bolsa, eso lo sé, y le dijo, abogado, por favor llámeme a este número.

Mi padre escuchó a través del auricular a Díaz Ordaz, quien le dijo en tono lacónico: nos vemos tal día. Primer encuentro privado, primeras palabras, al grano. Me dicen que usted es un hombre honesto, eso necesito en Pemex. La corrupción ancestral había pasado por días de fiesta. Reyes Heroles platicaba que, asombrado, trató de interponer excusas. No sé de petróleo. No se preocupe, allí hay muy buenos técnicos. Lo que necesito es su honestidad, fue la respuesta.

Al llegar a Pemex, Reyes Heroles se encontró con esos técnicos, los ingenieros César Baptista, Vicente Inguanzo Suárez, Bruno Mascanzoni, Antonio Dovalí Jaime, de los que recuerdo, pero había muchos más. Reyes Heroles los ratificó o los promovió, confió en ellos, en esas burocracias con mística, entregadas, apasionadas de lo suyo, de la empresa, de la institución, esas burocracias en verdad nacionalistas que también han estado allí. Reyes Heroles llevó a un par de personas de su confianza.

No era "hombre de equipo" como se dice ahora. Con ellos trabajó seis años, terminó siendo amigo de varios de ellos, fue así como se sumergió en el mundo petrolero. La industria se le metió en la sangre. Entró sin una cana a los cuarenta y tres años, y seis años después, las peinaba por todas partes. Tenía menos de cincuenta pero su aspecto quedó troquelado como un hombre mayor. En Pemex mi padre se avejentó para el resto de su vida.

7.

Muchos hablan de la inteligencia de Reyes Heroles y no les hace falta razón. Pero pocos hablan de la tenacidad. Mi padre aprovechaba cada instante de la vida para leer, recuerdo su imagen en mis infantiles miedos nocturnos cuando entraba en busca de apoyo a la recámara de mis padres. Allí estaba él en la madrugada leyendo, arrinconado en busca de la mejor luz de su buró. Por supuesto, tenía un cigarrillo entre las manos. Me abrazaba para calmar sollozos y después, con toda calma, se levantaba y me llevaba a mi cuarto. No despertaba a mi madre; lo hacía él.

Con los años he caído en cuenta que era subdirector del IMSS, agobiado de trabajo, diputado y, por si fuera poco, daba clases ¡a las siete de la mañana! Aun así se dio tiempo para investigar consistentemente sobre el siglo XIX o leer teoría política o mil cosas, más. Qué daríamos hoy por tener en el poder, no digo esa inteligencia porque el terreno es resbaladizo, sí en cambio esa curiosidad de conocimiento, esa pasión por el estudio, esa tenacidad que transformó su vida. Él no perdía el tiempo: o estaba en la oficina, la que fuera —en la cual sus escritorios estaban inundados de cerros de libros por leer, detrás de los cuales se topaba uno con su rostro—, o leía o escribía. Los tres volúmenes de *El liberalismo mexicano* fueron escritos primordialmente los fines de semana. Lo recuerdo en la mesa del jardín en la casa de Arenal número 13, siempre rodeado de libros y documentos, dictando a una eterna secretaria de nombre Susana Alatriste.

Mi padre padecía disgrafía, creo que de él la heredé (no sé si se herede). Se trata de esa imposibilidad física de ordenar espacialmente letras y palabras. Por eso dictaba y después corregía a mano, con la fortuna de que la señora Susana descifraba sus garabatos. Yo tuve la suerte de toparme con el teclado desde la secundaria, aun así la disgrafía es un problema serio. Mi madre en contraste tenía una letra equilibrada, armoniosa, bella. Cada quien su historia. Mi padre dictaba —se usaba la taquigrafía—, leía los documentos, echaba una bocanada de humo con sus pesados anteojos de pasta sobre la nariz, tomaba un sorbo de café negro, que combinaba con agua mineral Tehuacán, miraba lejos y navegaba en sus ideas.

Conservó la disciplina toda la vida. En el IMSS, *El liberalismo*, en Pemex, las obras de Mariano Otero con su excepcional estudio introductorio, y así siguió con *La historia y la acción* y otros, hasta que llegó el último, *Mirabeau y la política*. Inteligente, sí, y mucho. Pero también muy estudioso y trabajador sin límite.

8.

La tradición oral en nuestro país, para bien y para mal, ha sido muy importante. Para bien, en tanto que en la vida pública hay esa costumbre de transmitir la complejidad de los asuntos en conversaciones muy matizadas que permiten incursionar en los vericuetos de las grandes decisiones. Para mal, porque el negro sobre el blanco de la vida pública es muy escaso. Todos tenemos derecho a conocer esa complejidad. En México, los políticos, salvo algunas excepciones, no dejan memorias, se llevan sus conocimientos a la tumba. Sólo los privilegiados que tienen la fortuna de la cercanía con las figuras públicas (me incluyo por mi relación con Reyes Heroles) conocen ese otro entramado, que es apasionante. Antes de llegar al IMSS, Reyes Heroles era un profesor de la Facultad de Derecho y tenía una asesoría en ¡Ferrocarriles Nacionales! La necesidad tiene cara de hereje.

Pero la suerte se atravesó por su vida. Un paisano, mi padre, nació en Tuxpan, Veracruz, fue designado secretario de la Presidencia durante la gestión de Adolfo Ruiz Cortines, también veracruzano. Si no mal recuerdo, Reyes Heroles aceptó entonces una asesoría con don Enrique Rodríguez Cano, veracruzano muy distinguido y respetado cuyo apellido marca hoy el nombre oficial de Tuxpan, Tuxpan de Rodríguez Cano. Reyes Heroles era un hombre muy joven, en los bajos treinta. Rodríguez Cano ya era una gran figura. Con Rodríguez Cano la relación fue muy estrecha pero no recuerdo nada de él. Lo que sí me impresionaron fueron algunas visitas que hicimos a casa del ex presidente Ruiz Cortines. De copete peinado con naranja, mi hermano Jesús y yo acompañábamos a mi padre a tomarse un "cafecito" con don Adolfo. Lo recuerdo muy elegante bajando por la escalera central de su casa. Creo que mi impresión de la elegancia proviene del primer traje cruzado que vi en mi vida. Su casa no era algo espectacular, estaba ubicada en lo que hoy sería la colonia San José Insurgentes, detrás del Teatro de los Insurgentes. Nos pellizcaba el cachete y nos decía nietos, asunto que a mí me desconcertaba, pues no conocí a ningún abuelo. Después, los dos salían a caminar. Los recuerdo ir solos, sin guardias de seguridad. Era otro México.

Reyes Heroles respetaba mucho a don Adolfo. Su austeridad proverbial está plasmada en la que fuera su casa en el puerto de Veracruz. La visita vale la pena nada más para constatar que también ha habido presidentes así. Es una casa muy sencilla, hoy diríamos de clase media. Su despacho es notablemente pequeño, lo mismo las dos recámaras. El mayor espacio es una terraza, típica de las casas del Puerto de esa época. No ve al mar. Cuando la visité me impresionó la sencillez y unos trajes de lino que todavía cuelgan en algún clóset. Lo imagino enfundado en alguno de ellos, sentado en la terraza en una mecedora de mimbre que no sé si vi o me la imagino ahora. A Ruiz Cortines no se le ha hecho justicia.

De qué platicaban, difícil entenderlo para un escuincle de cinco o siete años. Lo que sí recuerdo es que don Adolfo era muy supersticioso, igual que mi padre. El ex presidente tenía la manía de tocar madera cuando alguien hablaba de asuntos que le preocupaban. Pero no se encuentra madera al alcance en todas partes. Un día le dio a mi padre su truco: llevar un palillo de dientes en la bolsa del saco. Mi padre de inmediato adoptó la práctica sugerencia. Por eso de pronto su mano desaparecía sin explicación por unos segundos en su bolsa, no recuerdo si la diestra o la siniestra, pero da lo mismo. Años después cambió a algo más elegante, unos lapiceros forrados de madera. Compró varios juegos para garantizarse su tranquilidad. Mañosos. Y lo peor es que es contagioso. Yo también toco madera.

9.

Mi padre provenía de inmigrantes españoles tanto del lado paterno como del materno. Su abuelo, Vicente Heroles, había migrado de Vinaròs, población en la costa este de España. El lugar era una paupérrima villa de pescadores hoy convertida en centro turístico. Esto fue a finales del siglo XIX. Muy pobre, como casi todos los emigrantes, llegó a Tuxpan acompañado de una mujer que se desvanece en las pocas noticias que tenemos de la familia. Los dos era iletrados, Vicente Heroles firmaba con una X. No tenemos conocimiento del origen del apellido Heroles. Sabemos que Vicente Heroles se dedicó a transportar las mercancías entre los buques y la tierra firme de Tuxpan.

Vicente Heroles formó un patrimonio razonable con su actividad, pues Tuxpan, a finales del XIX, dependía de los productos europeos, como casi todo el Golfo de México. De allí las aceitunas en el pescado a la veracruzana o el queso holandés de Campeche, los ostiones en aceite de olivo. Vicente Heroles y su mujer, que dicen era mulata, tuvieron tres hijas, una de ellas Juana, la madre de mi padre. El apellido Heroles estaba condenado a desaparecer, por eso mi madre decidió unirlo al Reyes para así conservarlo.

El segundo migrante fue Jesús Reyes. Él llegó adolescente de Almería, también un villorrio en aquel entonces, al sur de Andalucía. Llegó a principios del siglo XX. Para atrás no hay información. También se avecinó en Tuxpan y parece ser que desde el principio se dedicó al comercio. Le gustaba jugar dominó y, quizá por su origen andaluz, tomó la vida más a la ligera. Algunas malas lenguas dicen que se casó con Juana por sus dineros, pero basta con ver las pocas fotografías que hay de ella para percatarse de que Juana era bella. No es mal motivo para cortejar a una mujer. Terminó su vida en Tuxpan siendo representante de la Cervecería Modelo y heredó un patrimonio tan escaso que mi padre cedió su parte a su único hermano, Antonio, que, sin carrera, nunca logró formar uno propio. Ni Juana Heroles ni Jesús Reyes deben haber tenido oportunidad de estudiar.

Mi padre platicaba que cuando llamó a su madre por teléfono después del examen profesional para informarle que había obtenido mención honorífica, ella le preguntó si eso era bueno o malo. Para festejar ese día, Jesús Reyes compró con mucha antelación un bono de ahorro, pues estaba seguro de que su hijo Jesús era tan necio que se graduaría y él tendría que organizar el festejo. Ofreció brandy Fundador en pleno verano. Como dije, Juana y Jesús, mi abuelo, tuvieron sólo dos hijos, Jesús y Antonio. De Antonio, su hermano, decía mi padre que tenía *jettatura*, mala estrella. Antonio, que vivía en Tampico, lo visitaba con regularidad cuando iba a la capital. Se querían. De todos los rayos que le cayeron a mi tío Antonio, el que más me impresionó fue cuando, siendo dependiente en una juguetería, recibió un balazo de una pistola que se disparó dentro de un morral. Era de un campesino que llegó a comprar ¡un juguete! El único día que vi llorar a mi padre fue cuando le informaron que su hermano había fallecido. Tenía aviso, sabía que el cáncer de páncreas lo estaba devorando. Aun así, cayó demolido.

En alguna ocasión mis padres hicieron un viaje para conocer los sitios de los cuales habían salido sus ancestros. Visitaron Almería antes de su prosperidad agrícola, un verdadero erial. Después llegaron a Vinaròs antes de su prosperidad turística. No les quedó duda de por qué habían migrado Vicente Heroles y Jesús Reyes. El problema surgió cuando llegaron a Santillana del Mar y se toparon con un palacete, su denominación: Tagle. Mi padre la bromeaba, yo sé por qué salieron los míos, por pobres, por miserables, pero los tuyos no me queda claro. ¿Algo oscuro dejaron atrás?

10.

Díaz Ordaz le fue tomando cada vez más confianza a Reyes Heroles. Nunca dejó de llamarle *abogado,* lo cual serviría a Reyes Heroles para librar la que quizá fue la peor disyuntiva de su vida. El presidente le pedía que interviniera en asuntos que nada tenían que ver con Pemex. Eso enfurecía a varios, en particular al secretario de Gobernación, Luis Echeverría. Compañeros de la Facultad de Derecho, Echeverría nunca pudo superar la envidia por el brillo académico de Reyes Heroles. En alguna visita a Los Pinos durante su presidencia, en un librero estaba una edición reciente de *El liberalismo mexicano.* Echeverría, en tono de reclamo, le preguntó, cuántas ediciones llevas. Hasta allí, todo parecía normal. El problema fue la molestia mostrada en la expresión. *El liberalismo* no ha tenido muchas ediciones. Le irritó el hecho de la reedición.

Reyes Heroles y Echeverría tuvieron muchos enfrentamientos, algunos de ellos públicos, otros no, sobre todo los vinculados al 68. El director de Pemex descubrió que había movimientos contrarios a algunas medidas del director de la empresa propiciados desde la Secretaría de Gobernación. Otro choque se suscitó cuando Reyes Heroles intervino para liberar a Francisca Zapata Calvo, "Paquita Calvo" y llamó a Echeverría en pleno conflicto. Por teléfono le dijo, mira Luis, es hija de Carlos Zapata Vela (un conocido hombre de izquierda), ella no tiene responsabilidad. El secretario lo interrumpió, afirmando, ¡ah! entonces esta mamó lo comunista. No, Luis, las ideologías no se maman, se adquieren, fue la respuesta. La diferencia de interpretación del mundo entre ambos personajes era evidente.

11.

Muchas personas que crecen en las costas guardan una relación conflictiva con el mar. Reyes Heroles era de esos. Su niñez entre el caudaloso río y el mar le dejó una serie de imágenes que muchos citadinos ni siquiera podemos imaginar. Por ejemplo, mi padre nunca se sentaba debajo de una palmera y de haber en la cercanía alguna de esas amenazas, todo el tiempo volteaba la mirada a las copas. Su precaución tenía un origen muy concreto: de niño había sabido de varios casos de personas que terminaron en el hospital o murieron después de sufrir la calamidad de que les cayera un coco justo en la cabeza. No era asunto de broma ni negociable: debajo de una palmera, jamás. Pero había otras.

Le encantaba mirar el mar desde fuera y de preferencia leyendo en la sombra un buen libro y quizá un whisky para otear más lejos. Le tenía miedo a meterse en el mar y como aquello de nadar no era lo suyo, flotar cuando más, siempre que alguien le insistía invocaba la historia de "El Jorobadito". Se trataba de un personaje de la mitología tuxpeña, excelente nadador, que daba clases de natación y, si mi memoria no me falsea, incluso había participado en competencias. El Jorobadito cruzaba el río de un lado al otro retando a las corrientes siempre embozadas. El Jorobadito se lanzaba mar adentro hasta que lo perdían de vista.

El Jorobadito era el equivalente tuxpeño de Mark Spitz. ¿Y qué ocurrió con El Jorobadito? Algo muy sencillo: murió ahogado. Lo vieron entrar en el conocido espectáculo y nunca más regresó. Por supuesto, yo nunca conocí a El Jorobadito y sí creo capaz a mi padre de aumentarle hazañas al personaje para después dejarlo caer sin red. Pero de tanto escuchar su historia —su justificación de por qué no meterse al mar—, la gente dejaba de jorobar a Reyes Heroles, quien permanecía en tierra firme muy contento con su historia de El Jorobadito.

Por eso un día puse ojos de plato cuando un fulano muy sobradito me platicó haber estado en varias ocasiones en el "yate de Reyes Heroles" y haberlo visto pescar con enormes habilidades. El lector comprenderá que no tuve palabras para atajar el disparate. Reyes Heroles nunca tuvo recursos para un yate, pero además, aunque se hubiera sacado la lotería, su último interés hubiera sido ¡comprar un yate! Y lo de la pesca es genial: mi padre era de una inhabilidad manual increíble, capaz de cortarse con un pañuelo. Le costaba trabajo rasurase sin cortadas. Cada vez que cambiaba de hoja a la navaja todos observábamos la peligrosa maniobra para que no hubiera heridos. De hecho, su inhabilidad manual propició el primer acercamiento con mi madre. Imaginármelo apalancado en un asiento luchando con fuerza y agilidad contra un pez vela, eso sí, con un puro en la boca y dos cigarros encendidos esperando, todo ello en un mar picado y a pleno sol, es una imagen que me provoca hilaridad.

Lo mismo me ocurrió en otra ocasión en que un desconocido, que dijo ser muy amigo de Reyes Heroles, me platicó cómo iban a jugar golf, siempre muy temprano en la mañana. ¡Fantástico! Si supiera que Reyes Heroles nunca pisó un campo de golf y que se burlaba con sarcasmo de sus amigos golfistas diciéndoles, ya te fuiste toda la mañana a perseguir la pelotita. Pero la imaginería que ronda a los personajes públicos es tan amplia que no debe uno suponer mala fe, es simplemente el complemento individual, la sal y la pimienta de los mitos. Reyes Heroles se convirtió en un mito.

12.

Mi padre contaba que de niño lo tildaron de tonto. Juana y Jesús estaban preocupados porque pasaba largas horas jugando con hojitas de árbol en el patio, ensimismado, sin hacer lo que los otros niños. En su casa no debe haber habido libros, quizá de allí su obsesión por formar una gran biblioteca. El hecho es que al terminar la primaria con muy buenas notas se trasladó a Tampico. En Tuxpan no había secundaria. En Tampico, estudió la secundaria. Pero al terminar, las opciones de preparatoria no eran claras y el joven siguió su periplo buscando educación. Terminó en San Luis Potosí, en el muy acreditado Instituto Científico y Literario de San Luis Potosí. Vivía con la familia Calvillo, que lo aceptó como huésped. De allí a la Facultad de Derecho, a rentar en un cuartucho y pasársela en los cafés de chinos. De esa etapa provendrán muchas de sus amistades, como don Jorge Castañeda, Santiago Oñate y sus maestros como Antonio Martínez Báez, el "Chato" Alfonso Noriega, el maestro De la Cueva y muchos más. Pero recordemos que Reyes Heroles no era nadie en la capital.

Por su lado, mi madre era el resultado de una historia muy diferente. Su padre, Federico

González Garza, fue un excelente abogado, muy cercano a Madero. Era de Coahuila. Tampoco provenía de una familia de recursos, por el contrario, se pagó su carrera trabajando como telegrafista. Nunca perdió la maña del cable y mi madre se quejaba amargamente de sus llamadas por teléfono cuando ella le gritaba, papá, papá, y del otro lado de la bocina se escuchaba decir, señora, espérola pórtico Cine Chapultepec 5 pm, y colgaba. Los González Garza, Federico y Roque, con personalidades muy distintas, se comprometieron con Madero. Federico fue jefe de Gobierno de la capital y también fue apresado durante el golpe. Saldría de la cárcel a un largo exilio en Estados Unidos, en Nueva York. Lograría acreditarse en la Barra de Abogados y litigar. Pero los primeros años mi abuela tuvo que lavar ajeno y vivieron en condiciones muy difíciles. Además, perdieron dos o tres hijos.

Mi madre terminó siendo la mayor de las hijas después de la muerte de su hermana mayor Mireya, de diez años quizá, que ya era la segunda Mireya. Todo eso le troqueló un carácter muy fuerte. De tal manera que cuando le avisó a su padre, Federico González Garza, que quería estudiar Derecho Internacional, mi abuelo no se asombró demasiado. La llevó a inscribirse en una universidad recién abierta, la Universidad Femenina y, al firmar en el libro de inscripciones, mi madre se quedó sorprendida de dónde comenzaba la lista, puesto que la página estaba en blanco. Usted es la primera alumna, fue la respuesta.

Gloria González Garza se recibiría e ingresaría al Servicio Exterior y pasaría algunos años en Nueva York. A su regreso, al caminar diario por las calles del centro, platicaba haber visto en el aparador un libro: *La carta de la Habana*, por Jesús Reyes Heroles. Su reacción fue siempre la misma, qué nombre más raro y qué tema más aburrido. Pero resulta que el licenciado Reyes Heroles, flamante profesor de la Facultad, se topó con la señorita, la licenciada Gloria González Garza, quien, por supuesto, no registró al individuo. Él quedó interesado en ella. Confabuló con un grupo de amigos y los invitaron a ambos a una cena en la que quedaron sentados juntos. Conspiración completa. Al volver a saludarla y pronunciar su nombre, Jesús Reyes Heroles, ella reaccionó con toda naturalidad, no me diga que usted es el autor del libro ese tan raro. Sí, señorita.

Pero fue la inhabilidad manual de Reyes Heroles la que abrió la puerta. Al llegar el mesero con un complicado platón y pedirle a mi padre que se sirviera, él comenzó a combatir hasta que, ante la posibilidad creciente de un desastre, con toda franqueza se volteó con la licenciada González Garza y le pidió, me podría usted ayudar porque yo soy un truhán veracruzano. Ese acto de honestidad llamó la atención de mi madre, habituada por familia a estrictos ordenamientos de mesa. Allí comenzó todo.

Pero la licenciada tenía otros planes y el cortejo del tal Reyes Heroles la incomodó. Fue entonces que decidió no verse por una temporada. Mi padre acató, pero comenzó una estrategia de derrota por agotamiento. El primer día de la separación le envió una rosa, el segundo dos y así en un bombardeo exponencial que inundó la casa de mis abuelos hasta que ella pidió tregua y se restablecieron relaciones diplomáticas.

13.

A pesar de ser de Tuxpan, corre el rumor de que hablaba como si hubiera nacido en Alvarado, es decir, con puras leperadas. Es parcialmente falso, parcialmente cierto. Entre varones, Reyes Heroles y mi padre acudían con medida y, sólo en el momento indicado, a una leperada. Tenía total control, las administraba magistralmente, no como algunas personas que no pueden decir una frase sin acudir a ellas como sujeto, verbo y predicado. ¡Asombroso! Las usan una y otra vez hasta que dejan de significar algo.

Un día caminábamos por la calle, no recuerdo dónde, pero sí que hacía calor. De pronto señaló a un señor en la otra acera y me dijo, es un pendejo. Me quedé muy asombrado. Lo conoces, pregunté, no me respondió, pero iba caminando por el sol cuando de este lado había sombra. Era un pendejo o, por lo menos, muy distraído. Le salió lo costeño, donde la temperatura no es asunto de juego.

Frente a las mujeres nunca decía leperadas. Cómo hacía para controlar los dos mundos, no lo sé, pero no parecía costarle mucho trabajo. Sólo en una ocasión lo escuché decir una leperada enfrente de mujeres.

Beatriz y yo llevamos una larga amistad, noviazgo no me cuadra, durante más de una década, trece años para ser exactos. Terminamos nuestras carreras, viajábamos frecuentemente, a veces con amigos, y convivíamos con mis padres mucho. Con los años mis padres le tomaron un enorme cariño a Beatriz pero ni ella ni yo teníamos prisa por casarnos. Ella vivía con su padre en un departamento y llevaba el hogar de ambos. Había salido desde los 18 años de la casa materna por motivos del divorcio de sus padres. Con frecuencia hacía trabajos de campo, como corresponde a todo antropólogo social. Se convirtió en investigadora del CIESAS. Desde entonces nunca dejó su profesión y evolucionó a la historia. Tenía ingresos propios y empezaba a publicar.

Yo vivía en un departamento en la parte posterior de la casa de mis padres con entrada independiente. El mejor de los mundos. Cruzaba el jardín y podía comer con ellos si lo deseaba o platicar en las noches con mi padre. Fueron años muy buenos, éramos adultos y nuestra relación con ellos era de adultos. Decidimos comprar una casa que mantuvimos rentada muchos años y no era claro que nos fuéramos a casar o a vivir juntos. Teníamos nuestros propios planes. Mi madre llegó a insinuarle a Beatriz que los hombres éramos muy malvados y quizá yo la podría dejar por otra y le puso ejemplos de amigas suyas.

Nos llegó el momento y, sin más, invitamos a mis padres a cenar, como era común. Estábamos en la sala de su casa tomando una copa cuando se los anunciamos: nos vamos a casar. A mi madre la invadió el llanto y mi padre se levantó, y en tono de reclamo cariñoso me dijo, serías un pendejo si no te casaras con Beatriz. Todos soltamos la carcajada. Fue la única.

14.

Reyes Heroles, el personaje público, no era muy bromista. Era muy serio. Pero no tanto como la gente lo imagina. No se diga mi padre, ese sí no podía vivir sin humor. Cuento dos. Era presidente del PRI y llamó a un amigo cercano a las finanzas de su partido, Sergio Benhumea. Los pagos se hacían, por lo menos parcialmente, en efectivo. Eran principios de los setenta. Un día le dio instrucciones: en los sobres, a unos les pones mil pesos de más y a otros mil pesos menos. Pero para qué Chucho, respondió el poblano de ojos claros. Si reciben menos y no te reclaman, son unos pendejos. Si reciben más y no te lo aclaran, son unos rateros. Huelga decir que la lista confidencial de los dos rubros era motivo de grandes carcajadas. Lleva medio año cobrando menos y no abre el pico, le pregunto, todo bien y no me dice nada. Es un pendejo. La lista de potenciales deshonestos también les servía.

La privada. Era yo estudiante en la UNAM, la noche se me echó encima y tenía mucho trabajo por delante. Me topé con mi padre y le dije, me gana el sueño. Muy serio me dijo, haz lo que yo hacía, échate alcohol en los "esos" y así se te quita el sueño. Muy obediente, actué en consecuencia. No sólo se me quitó el sueño, también las ganas de vivir. Cuando subí a reclamarle me estaba esperando y soltó una cascada de carcajadas que no compartí esa noche, pero sí cada vez que me acuerdo.

15.

Con mucha frecuencia escucho decir que Reyes Heroles era un político muy hábil, sagaz. Sin duda era zorro, olía coyunturas, escapaba de las trampas. Tenía la malicia necesaria para ser un gran político. Pero en eso muchos le ganaban. Por ejemplo, Echeverría, mucho más malicioso, era perverso. Reyes Heroles no se acercaba a ese territorio e incluso fue víctima de esos extremos. A continuación dos historias que ocurren el mismo día.

Reyes Heroles presidía la Asamblea del PRI en el Cine Alameda. La ruta para la selección de candidato de ese partido establecida por Reyes Heroles era, primero el plan y después el hombre, el hombre idóneo para administrar el plan. En eso empeñó muchos meses, en consultas, mesas y giras. Era una forma de atenuar el "Dedazo" y también de ordenar ideas. Desde fuera se miraba al "Dedazo" como algo muy sencillo, pero la verdad es que sí había consultas a los sectores. Fidel Velázquez y los otros líderes eran reales y en todas las postulaciones de gobernadores el juego era complejo. Primero el plan, después el hombre. En ningún momento intentó imponer a un candidato, pero sí matizar el proceso unipersonal de decisión, por lo menos hacia afuera.

En fin, el hecho es que ese día Reyes Heroles tenía cita con el presidente en Los Pinos a la una treinta, si no me falla la memoria. Es decir, terminaría de presidir la Asamblea frente a cientos de personas y de allí se iría a su cita. En esas estaba cuando entró el teniente Herrada, personal cercano a Reyes Heroles, y frente a todo mundo le susurró al oído. Con extrañeza Reyes Heroles le contestó algo. Herrada salió del escenario.

Un miembro del Estado Mayor Presidencial había llamado para solicitar que Reyes Heroles se pusiera al teléfono, al presidente le urgía. La respuesta de Reyes Heroles a Herrada fue muy clara, por favor explíquele que estoy presidiendo, que en la primera oportunidad me reporto. Herrada transmitió el mensaje. El presidente necesita urgentemente hablar con el licenciado, fue la reacción de Los Pinos. Herrada regresó al presídium y transmitió el mensaje. Con molestia y preocupación se levantó. Qué había tan importante como para pararlo de la conducción de la Asamblea.

Tomó el teléfono, el ayudante pasó la bocina al presidente. Chucho, nada más para confirmar nuestra cita a la una y media. La maniobra estaba hecha, había exhibido ante la Asamblea que Los Pinos mandaban. Sólo el presidente podía levantar a Reyes Heroles, y lo hizo con toda puntualidad. Eso va más allá de la astucia.

Horas después llegó Reyes Heroles a Los Pinos y sin más le dijo, permíteme presentarte a nuestro candidato. Tomó la bocina y dijo, que entre, y apareció José López Portillo. En ese momento le pidió su renuncia al PRI. Pónganse de acuerdo para el destape, y los dejó unos instantes solos. En un par de minutos, López Portillo, conocido de Reyes Heroles de viejo —de la Facultad y como profesores— le dijo, no entiendo, Chucho, por qué tu remoción. Acuérdate de Maquiavelo, serás un "príncipe encorsetado", le lanzó Reyes Heroles. De inmediato entraron Juan José Bremer e Ignacio Ovalle. Reyes Heroles quedó incomunicado toda esa tarde. La verdadera maniobra del destape la había coordinado Echeverría directamente. Si eso es ser un político hábil, Reyes Heroles no lo era, y nadaba entre tiburones.

16.

Pero entonces cómo explicar la fuerza de una persona para poder colaborar con administraciones tan diferentes, de López Mateos a Miguel de la Madrid. Creo que la explicación se encuentra en un territorio muy lejano a la habilidad. Antes que un político sagaz, Reyes Heroles era una persona con una estructura ética muy sólida, incluso diría rígida.

Fui educado por mis padres a guardar respeto hacia los mayores. Siempre levantarse, auxiliarlos si es el caso, cederles el asiento, abrirles la puerta del automóvil, etc., que es sólo lo externo. Mi padre y yo teníamos una costumbre, de vez en vez, cuando él tenía un hueco en su complicada agenda, nos íbamos a comer o a cenar juntos. Allí sí soltaba una que otra leperada bien puesta. Se sabía los nombres de los capitanes y guaseaba con ellos, siempre de forma educada: pero que el pato esté bien doradito, no como el otro día que traía plumas, pero que de verdad el pámpano esté fresco y, por supuesto, después les agradecía, van mejorando. Así era, y los capitanes y meseros tomaban a bien su humor. Todavía hoy me topo con personas que recuerdan haberlo atendido en el *Rívoli* o el *Ambassadeurs* y otros lugares que frecuentaba.

El hecho es que nos fuimos a comer a La Cava y estábamos charlando cuando observé cómo un hombre mayor y con bastón se aproximaba a la mesa, de inmediato me levanté. Mi padre me miró y sintió la mano del individuo sobre el hombro. Volteó el rostro y con displicencia le dijo, quiubo, el saludo duró segundos. Mi padre fue tajante e incluso diría grosero. No se paró. Cuando me senté no pude contener mi reclamo, por qué no te paraste. Hay niveles morales, me dijo. Ese señor, omito su nombre pues ya murió y no puede defenderse, es un ratero y todo mundo lo sabe. No tengo por qué expresarle respeto, no lo respeto.

Nunca he podido olvidar la escena. Por arriba de la edad había otro nivel de valores. Ni siquiera le edad podía suplantar ese rigor.

17.

Lo de la política era cosa seria. En una de las giras de fin de semana fuimos a Ciudad Madero, que no es exactamente Disneylandia. Lo mismo de siempre, mi padre trabajando y nosotros entreteniéndonos con mi madre en una casa tan amplia como impersonal. Despegamos de regreso el domingo por la tarde-noche. El director de TAP, Transportes Aéreos de Pemex, era un mayor que había estudiado en la Fuerza Aérea de Estados Unidos e incluso había sido instructor de pilotos, un hombre muy capaz en su materia, el mayor Enrique Rentería.

El viejo DC6 despegó después de la habitual humareda para encender sus motores, era un aparato de tercera o cuarta mano. En aquel entonces no había aviones ejecutivos. Allí veníamos cuando minutos después del despegue salió el copiloto con la cara descompuesta. Tenemos que regresar, algo raro está ocurriendo. Ustedes mandan, le respondió Reyes Heroles. El aparato viró bruscamente y aterrizó en la misma pista de la cual había salido minutos antes. Nos bajaron con prisa. Nunca olvidaré la escena. De las enormes alas caía gasolina como si fuera una regadera. De milagro el avión no había explotado al despegar, lo habían baleado con ráfagas desde la cabecera de la pista. El pleito con los líderes del sindicato pasaba por un momento candente.

En otra ocasión salí de mi casa rumbo a la escuela y al voltear el rostro miré muchos agujeros en la pared de Arenal 13. De regreso noté silencios hasta que me llegó la respuesta. Un chofer de Pemex estaba sentado en uno de los poyos de la puerta de la casa. Enfrente de él había un vehículo estacionado. De pronto vio venir una camioneta y dos ametralladoras que asomaban con la mira puesta en la casa. Rodolfo, "El Flaco", se tiró al piso detrás del coche. Rociaron la casa de balas y el coche pasó a mejor vida. ¿Merino? ¿La Quina? Difícil saberlo. En mi memoria quedó grabado aquello de que la política era en ese momento asunto de balas.

18.

Después de estudiar derecho, Reyes Heroles decidió hacer su posgrado en Argentina. Contaba que su familia y amigos lo fueron a despedir al aeropuerto como si fuera la última vez que lo veían. Era un adiós. Allí empezó su periplo. Fueron varios días de viaje en un DC3, el famoso Ford del Aire. El bimotor no debe haber superado los quince o veinte mil pies. Se subía uno por la cola y estaba inclinado hacia atrás, la inclinación no era leve. En fin, Reyes Heroles emprendió el viaje pensando que todo podía ocurrir. Platicaba que al cruzar los Andes les dieron unos tubitos con oxígeno. El avión no era presurizado. Las escalas eran varias, pues ese avión en velocidad crucero no rebasaba quizá los 450 kilómetros por hora. Pernoctaban y, por la mañana, a volar de nuevo. Argentina fue su gran experiencia. Recordemos que había sido una de las principales potencias del mundo a principios del siglo XX.

Allí conoció a los Frondizi, Arturo, Risieri y Silvio. Arturo, abogado y periodista, llegaría a la Presidencia de la Argentina en 1958 y sería derrocado por un golpe en 1962. Murió en 1974 en su departamento en condiciones muy misteriosas. Se habló de atentado.

Su hermano Silvio, un hombre de izquierda pero no radical, fue una gran influencia académica en Reyes Heroles. Recuerdo a mi padre consternado al enterarse del brutal asesinato de su maestro a manos de un grupo radical que reivindicó con orgullo el hecho llamándolo "traidor de traidores" simplemente por no coincidir con ellos. Hasta dónde había llegado la intolerancia y la violencia en ese país que él tanto quería. Platicaba historias con su maestro. La primera es que en uno de los golpes de estado que le tocó vivir en su estancia, vio a un tanque pararse por la luz roja de un semáforo. Esto no es serio, se dijo a sí mismo.

La segunda anécdota le ocurrió caminando por las calles de Buenos Aires. Él dialogaba con su maestro Silvio Frondizi y le preguntaba sobre cosas abstractas: la configuración del estado argentino, la multiplicación de los partidos, el peronismo, qué sé yo. El maestro respondía hasta que de pronto le dijo, mire Reyes, ese es un ombú. Reyes volvió el rostro y miró un árbol grande, pero siguió con su dinámica de interrogatorio al gran maestro. Frondizi se detuvo y no contestó preguntas. Reyes, es usted demasiado joven para apreciar un árbol. Nunca olvidó la lección.

19.

Con tono muy serio, mi padre les decía a los amigos que perdían pelo: En mi tierra tienen una solución. Ponte debajo de una vaca cuando salga la majada. Todo mundo lo miraba con asombro. De verdad, sí, es muy efectivo. Cuando se iban se soltaba a reír, será tan tarugo. Ya me lo imagino. Serio, muy serio pero con humor.

20.

Pocas expresiones le irritaban tanto como "¿me entiendes?". Al escucharla de inmediato respondía, si te explicas. El me entiendes es muy común y cada vez que lo escucho se me viene a la mente, si te explicas.

21.

La relación con Díaz Ordaz, que partió de cero, se fue volviendo intensa en lo profesional. El presidente consultaba con Reyes Heroles asuntos políticos que estaban totalmente fuera de sus competencias. Díaz Ordaz no lo ocultó, por el contrario, se lo hizo saber a otros colaboradores, entre ellos, a Echeverría que lo tomó como una afrenta personal. Reyes Heroles platicaba lo incómodo de la situación. Él simplemente respondía a las peticiones del presidente y externaba su opinión. Díaz Ordaz le pedía ideas para sus discursos y la pluma de Reyes Heroles respondía. El presidente era exigente con la prosa discursiva y Reyes Heroles gozaba esa exigencia, pues lo describía como un hombre culto, que leía.

Lentamente las tensiones fueron creciendo, sobre todo cuando se inició el movimiento estudiantil. Reyes Heroles, se inclinaba por la negociación. La postura de la Secretaría de Gobernación era muy diferente, puertas cerradas. El presidente autorizó a Reyes Heroles a coordinar al ala negociadora. Hubo varios encuentros donde Jorge de la Vega y Andrés Caso Lombardo trataron de tender puentes. Pero claro, la decisión central estaba en Bucareli.

¿Fueron un fracaso las negociaciones? Por los hechos se puede decir que sí. Siempre estaría la versión contrafactual: ¿y si no hubieran existido estas conversaciones? ¿Cuál hubiera sido el derrotero del conflicto? Pero quizá lo más preocupante fue que Reyes Heroles en varias ocasiones descubrió que el presidente no estaba informado o estaba mal informado. Las deformaciones venían de Bucareli, y no eran casuales. En el archivo de Reyes Heroles depositado en el Centro de Estudios Históricos Carso se pueden consultar los episodios.

Ese archivo surgió de una maña que se convirtió en manía. Cuando Reyes Heroles tenía acuerdos presidenciales llegaba a dictar unas notas, un ayudamemoria que le sirviese para hilvanar cómo se daban los razonamientos. Pero las notas se volvieron cada vez más frecuentes y a ellas se agregaron recortes periodísticos, cartas, telegramas, documentos internos, expresiones aisladas que algo debían decirle. El archivo, por denominarlo de alguna forma, creció y muchas jornadas de trabajo terminaban con un breve dictado sobre los asuntos del día. La manía lo siguió durante toda su vida política.

22.

Mi padre era un hombre de gozos sencillos. Cuando yo era niño y él era subdirector en el IMSS, su gran gozo era caminar desde la casa de Arenal 13 a una abarrotería que estaba en la esquina de Miguel Ángel de Quevedo e Insurgentes. Se llamaba *La Puerta del Sol.* Era un buen nombre: luz, calor, el astro del cual dependemos. Recuerdo que era emocionante ir con él de compras domingueras, pues bien a bien no sabía qué iba a encontrar. La economía mexicana estaba cerrada y conseguir un vino español o una lata de angulas era todo un acontecimiento. Así que allí íbamos los tres varones de la familia, de aventura dominguera. Ahora que lo recuerdo, también nos llevaba para que le ayudáramos con las bolsas en el regreso a casa.

El establecimiento era de unos españoles, me dicen que se apellidaban Soberón y en los entretelones de mi memoria infantil aparece como un sitio enorme. En alguna ocasión, muchos años después, me paré allí por curiosidad, estaba convertido en un establecimiento de vinos y licores y me di cuenta de su verdadera dimensión.

Pero mejor dejemos que mi memoria haga de las suyas pues así es como lo viví. Al final de los inacabables pasillos repletos de artículos diversos había un enorme refrigerador, esa era la primera escala. Licenciado, buenas tardes, le decía un señor de una enorme papada. Buenas tardes don X, qué tiene, esa era la pregunta clave. Mi padre no llegaba a pedir un producto sino a preguntar qué podían ofrecerle. Nos llegó un jamón serrano, pruébelo. Lo hacía gozando la generosidad. Después mi padre se inclinaba en las estanterías a husmear entre los productos a ver qué encontraba. Llegábamos a casa con las sorpresas. Gritaba él, Gloria, nos fue muy bien, encontré: jamón serrano, vermut, un queso añejo, una botella de whisky de una marca que desconozco y un tinto que se ve bien. Así que estamos armados.

23.

Como buen nieto e hijo de migrantes, lo que hubiera en la vida era, de entrada, bueno. Su sencillez se expresaba en su clóset. Ya era funcionario de buen nivel pero sólo tenía algo así como cuatro trajes. Azules, grises, nunca un café pues le traían mala suerte, igual que la *Vereda tropical*. Cuando la tocaban, estuviera donde estuviera, se tapaba los oídos. Nunca supe el origen de la fobia. Siempre usó un llavero de cadena prendido del cinturón que le permitía guardar las llaves de la casa en su bolsillo derecho. Creo que el llavero se lo regaló mi madre. Pero el asunto de la ropa no era lo suyo. Si a ello le agregamos su figura desgarbada y con hombros muy angostos, podremos concluir que no era un figurín ni nada cercano.

Cuando llegó a Pemex, un periodista lo designó el funcionario peor vestido del gabinete. Eso le dolió. Fue entonces que se consiguió un buen sastre, el maestro Mario Villanueva, que le recomendó su amigo Manuel Urquidi. Se mandó a hacer ropa, incluidas las camisas para mancuernillas, a las cuales se volvió aficionado. Pero necesitaba ser instruido por Villanueva sobre las corbatas pertinentes, pues además era un poco daltónico, entre el azul y el negro de los calcetines para él no había diferencia. Villanueva también era daltónico. Par de locos hablando de colores. Llegaba a la casa y le llevaba muestras de casimires. Mi padre refunfuñaba por los precios, cuánto me va a costar la hechura, no se mande, eso es lo que cobro, respondía el hombre vestido con unas camisas de dos tonos bastante ridículas, y así alegaban una y otra vez. Creo que era parte obligada del episodio.

Así que al trabajo empezó a ir bien vestido, elegante. Aprendió de casimires y cuando algún amigo iba de viaje le encargaba un casimir con la esperanza de que se lo regalara. El mecanismo le funcionó muy bien. Encontró una fórmula para financiar uno de sus hobbies, coleccionar plegaderas o abrecartas. El rumor se extendió, pues sobre su escritorio siempre había plegaderas de todo tipo de materiales, de madera, de metal, de marfil, de distintos tamaños y formas. Él las compraba en casas de antigüedades a las que mis padres se volvieron aficionados, sobre todo mi madre.

Así llegaba los fines de semana y de su portafolios salían, además de libros y documentos múltiples, plegaderas. Ésta me la trajo fulano de Italia, ésta me la regaló zutano que la compró en Toledo. Con el paso de los años la colección fue creciendo y creciendo hasta que mandó a hacer vitrinas especiales que colocó en su biblioteca en Cuernavaca. Cientos de plegaderas que, por cierto, no usaba. Recuerdo que de niño me pedía, como si fuera una gran diversión, que le abriera las hojas de los libros, que por aquel entonces la mayoría venían dobladas. Me daba siempre el mismo abrecartas viejo y él se sentaba a leer mientras yo hacía la talacha. Era una fantástica trampa.

Ya instalado el sistemita de hacer pública su manía de coleccionista, la trasladó a los habanos, que no se conseguían en México. Pero acuérdese que me gusta el número cuatro. El abastecimiento de puros, por desgracia, se volvió bastante regular. Creo que, al ser regalados, los gozaba el doble. Tengo esa impresión, pues cuando yo le pedía un cigarro y él con su encendedor lo prendía, nunca dejaba de decirme, ah, eres de los que nada más ponen la boquita.

24.

Reyes Heroles no era un hombre de equipo, de grupo. No llevaba amigos a los puestos, pero sí hacía amigos en los puestos. Cuando alguien cruzaba ese lindero, sutil pero muy claro, cuando alguien se convertía en amigo, de ellos esperaba algo diferente. Comprendía que el puesto le generaba un desfile de personas muy amables, por no decir lambisconas, estaban interesadas en el director de Pemex, el secretario de Gobernación o lo que fuera. Eso no le causaba ni asombro ni molestia. Contaba con frecuencia la anécdota de un secretario de Hacienda que le reclamó a un empresario que ya no desayunaban juntos cada mes, a lo que el empresario respondió, discúlpeme, yo sigo desayunando con el secretario de Hacienda cada mes.

Era muy rudo en el trato a sus colaboradores, pero exigía lo exigible. En dos ocasiones me tocó ver escenas terribles. Cuando mi madre se cansó de andar de gira todos los fines de semana en que el presidente del PRI tenía que ir a tomar la protesta de los candidatos a diputados locales de Aguascalientes a Zacatecas, cuando se cansó de desayunar en Tijuana, comer en Colima y cenar en Veracruz, cuando ya soñaba con la lentitud del Fairchild F-27, que podía tardarse cinco horas en llegar a Chihuahua, la responsabilidad de acompañar a mi padre recayó en los hijos. A mi padre le gustaba cortar con la "grilla" de todo el día, cenar tranquilo y platicar de otras cosas. Yo estaba en la Facultad y la mitad de mis lecturas las hice a 17,000 pies. Por allí rondaba el F-27.

Va la primera escena. Una noche en Ensenada decidió cenar con todos sus colaboradores. Era la etapa de primero el plan y después el hombre. La instrucción de Reyes Heroles a todos había sido muy clara: nada de coqueteos con los viables, con los aspirantes o suspirantes. Pero uno de ellos desobedeció. Todos se enteraron. Al sentarnos en la mesa, al primer minuto, lo miró fijamente y le dijo —supongamos que se llamaba Adrián, no doy su nombre pues ya murió y no tendría cómo desmentir mi dicho—: Adrián, sabe usted lo que es la lealtad institucional. El resto de los comensales guardamos un silencio total. Yo, por razones obvias, nada tenía que ver.

El hombre empezó a balbucear una respuesta cuando Reyes Heroles lo interrumpió: entonces por qué anda usted coqueteando con fulano. No licenciado, trató el otro de corregir. Adrián, ¿sabe usted lo que es decir la verdad o toda su vida se ha manejado con mentiras? Así lo tuvo contra la pared toda la noche, Reyes Heroles daba un sorbo al whisky, comía algún bocado mientras escuchaba al infeliz trastabillar una y otra vez frente a sus colegas. La situación era muy incómoda para todos, pero de eso se trataba. Al terminar el plato principal JRH se limpió la boca con la servilleta, encendió un cigarrillo y con ese dedo acusador que lo caracterizaba le dijo: es usted un traidor y yo no como con traidores. Por favor levántese y quiero su renuncia de inmediato. Al hombre le temblaban las manos, salió encorvado. No regresó en el avión y nunca más se volvieron a ver.

Terminó su cigarrillo entre algún comentario superfluo de alguien, los miró a todos a los ojos y les dijo, queda claro de qué se trata, buenas noches. De verdad trató de hacer del PRI un partido de una ideología rígida. Sabía que los tiempos cambiaban.

Reyes Heroles se tomó muy en serio la intención de transformar al PRI en un partido que no dependiera de la voluntad de un solo hombre. Acotar la voluntad presidencial sólo se lograría con equilibrios internos y, lo más importante, con ideas y fuerza. Lo creyó de verdad. Es claro que su tentativa no casaba con las intenciones de Los Pinos. En una ocasión, mientras comíamos en un restaurante, entró José López Portillo, secretario de Hacienda y ya evidente precandidato. Reyes Heroles lo miró y esperó a que se acercara. Yo soy el presidente de su partido, nos dijo como explicación.

Va la segunda. Entraba yo a la casa de mis padres cuando miré en la sala a varios de sus colaboradores y amigos. Un rostro me llamó la atención, el de un amigo que hacía años no pisaba la casa. Traté de cruzar inadvertido pero de lejos me llamó, Federico, ven a saludar. Reyes Heroles había dejado Gobernación después de enfrentarse con López Portillo. Se refugió en la UNAM, para la cual realizaba una investigación sobre la razón de estado, tema que le apasionaba sobre todo por autores como Guicciardini. Miguel de la Madrid había sido postulado por el PRI.

Cuando eso sucedió, Beatriz y yo nos encontrábamos en Roma. La miré y con cierta tristeza le dije, lo va a llamar al gabinete. De la Madrid había sido su alumno en la Facultad de Derecho y lo fomentaba mucho. Él y doña Paloma pasaban en Arenal 13 los días 25 de diciembre por la tarde y se quedaban horas platicando. También iba sólo a charlar con Reyes Heroles. La relación era muy buena. Tristeza, dije, porque en esos tres años mis padres viajaron a donde querían ir y no a donde la vida los llevaba. Así se gozaron. Él desplegó toda su potencialidad como historiador. Estaba tranquilo y advertía, uno no deja la política, la política lo deja a uno. Regreso a la segunda escena.

Mira, ¿te acuerdas del licenciado X? Como que hace tiempo que no lo veíamos, ¿verdad? Siéntate, échate un whisky, velo bien porque ésta es la última vez que entra a la casa. ¿Te acuerdas cuando el licenciado X venía a pasar las navidades con nosotros porque estaba solo? Y qué curioso, desde que me renunciaron en Gobernación no he sabido nada de él. Pero ahora que todo mundo dice que voy al gabinete de nuevo, reaparece como si nada. El individuo fumaba habano, miraba al piso sin poder decir nada. Ah, pero eso sí, come una vez a la semana en el *Champs Elysèes* con don Pancho, para él sí tiene tiempo. Reyes Heroles le había abierto múltiples puertas a X y X le hizo sentir que era su amigo y no uno de los muchos interesados en el poder. La noche fue larga y siempre en el mismo tono. Fue la última ocasión que lo vi y, por supuesto, la última vez que pisó Arenal.

Reyes Heroles era frontal y muy duro.

25.

Recuerdo un solo regaño de mi padre en la infancia. Cuando compraron las ruinas de Arenal 13 y se metieron a reconstruir la casa poco a poco, el dinero escaseaba. Lo primero era techar, levantar muros, cocina, etc. Habían vivido los primeros años de su matrimonio en un departamento en Mariano Escobedo. Yo nací ya entre las múltiples goteras de la casa en construcción. Estábamos los dos en el pasillo, acababan de poner los vidrios de la herrería dividida en cuadros. No sé qué extraño bicho me picó y frente a mi padre, con el puño cerrado, rompí uno de ellos. Volví la cara y lo miré con los ojos cerrados. Te voy a tener que dar una nalgada por dos motivos: el primero, porque hubieras podido cortarte la mano y hubiéramos tenido que llevarte al hospital, el segundo, porque ese vidrio nos costó dinero, nos era útil y tú lo rompiste por jugar.

Procedió a darme la nalgada.

26.

A mediados de los años noventa un embajador sueco se empeñó en establecer más relaciones culturales entre su país y México. Le encantaba la literatura y decidió invitar a seis escritores mexicanos a conversar en Suecia con seis escritores suecos. Elsa Cross, María Luisa Puga, Myriam Moscona conformaron una espléndida delegación femenina. El gran Eraclio Zepeda, Homero Aridjis y yo conformamos la masculina. Nos encerraron en una granja al norte de Estocolmo. Mañanas y tardes nos enfrentaban para platicar del oficio. El embajador era un gozoso testigo. Por cierto, el embajador tenía una peculiaridad: venía en dos partes, le faltaba un brazo y tenía una prótesis que le llegaba casi al codo. Lo curioso es que se desprendía de la prótesis con una naturalidad increíble. Desde que nos subimos al avión nos encontramos al brazo en un asiento y al embajador en otro. Mi querido Laco y yo compartíamos habitación. Pasábamos obligadamente por la recámara del embajador y nos encontrábamos al brazo o al embajador sin brazo. En fin, el embajador era un personaje y el brazo también. A veces andaban juntos.

Las condiciones de los suecos y los mexicanos no podían ser más diferentes. Todos los suecos tenían una plaza para producir literatura y los mexicanos le teníamos que entrar a todo para ganarnos los pesos que nos permitieran hacer literatura. Todos ellos eran psicoanalizados de tercera generación. De los mexicanos, la mayoría no habíamos cruzado por esos territorios. Los encuentros se fueron volviendo cada vez más incómodos porque no había puentes.

Laco y yo mirábamos a la granja vecina. Amantes del ganado, veíamos unos vientres hermosísimos mientras los suecos se sacaban los ojos con el metalenguaje. Pero quizá la mayor distancia se vio cuando Laco y yo empezamos a hablar de cómo había sido la relación con nuestros padres. Para ellos era inconcebible que dos adultos pudieran hablar de sus padres con cariño y admiración. La figura paterna era para ellos, en esencia, conflictiva. No era nuestro caso. Conforme pasa el tiempo pienso, pobres suecos, qué privilegio el de nosotros. Así fue, Laco y yo terminamos con nuestras novias suecas, las vacas.

27.

No sé por qué todo mundo imagina a Reyes Heroles como un conocedor de eso que llamamos música clásica, música orquestal. Será acaso por su gran conocimiento de los pensadores clásicos, de la teoría política, por su enorme cultura y amor por la historia. Puede ser, pero hay también mucho de estereotipo. Mi padre no tuvo de dónde heredar una cultura musical, tampoco conocimientos de historia o derecho. Para ello estaban los libros. Los discos no estuvieron en su infancia y no creo que una orquesta sinfónica haya visitado Tuxpan en los años veinte.

A mi padre le encantaban los tríos, las marimbas, sobre todo con un *mint julep* en los portales del Puerto de Veracruz. Le gustaban Pedro Vargas, Lola Beltrán, los de su época. Un día entró a mi cuarto y me encontró leyendo con XELA de fondo. A ver, pónmela en mi cuarto. Poco después la traía marcada en el coche. Fue en su casa en Cuernavaca que desarrolló el gusto. Le teníamos que ayudar con los LPs porque su inhabilidad manual lo convertía en un peligro al poner la aguja. Le encantaba Debussy, sobre todo *El mar*. Como todo en su vida, él construyó su gusto. No heredó nada.

28.

A mis padres les gustaba organizar comidas los domingos. A veces en el jardín, en la misma mesa en que escribió *El liberalismo mexicano*, las *Obras de Otero* y sus discursos. Hoy está en nuestra casa y me recuerda su imagen allí sentado en la cabecera, con muchos libros abiertos y él dictando con su Tehuacán, su café y su cigarro, tríada insuperable para trabajar. Cuando el clima no lo permitía, era en el comedor interior presidido por una enorme mesa hecha de un tablón rectangular. Jesús y yo siempre fuimos incorporados a los encuentros y nos levantábamos cuando queríamos.

Por la casa circulaban sus maestros convertidos en amigos: Alfonso "El Chato" Noriega, don Antonio Martínez Báez, Celia Chávez y Jaime García Terrés, don Rodolfo González Guevara y su esposa. Lolita y René Creel, que eran vecinos de puerta por Miguel Ángel de Quevedo. Jaime y Celia llegaban en un Datsun al café después de visitar al hermano de Celia, que también vivía en Arenal. Recuerdo a un personaje que me impresionaba mucho, pues llegaba en bicicleta, era nada menos que Roberto Mantilla Molina, un reconocido profesor de derecho mercantil y ex director de la Facultad.

Siguiendo a Montaigne, lo importante no era lo que se comía sino con quién se comía y, por supuesto, mi padre acostumbraba provocar discusiones acaloradas que terminaban en la biblioteca. Muchos de los invitados tenían posiciones políticas diferentes, como René Creel, que era un panista de cepa y muy crítico del sistema. Lo mismo Rodolfo González Guevara desde una perspectiva de izquierda. Así que las sobremesas exaltadas y de discusión seria siempre estuvieron allí.

Alfonso Noriega y Reyes Heroles viajaron juntos a La Habana precisamente para la firma de la famosa "Carta de La Habana" que daría pie al "aburrido" libro que mi madre veía en la vitrina. Era un primer intento de apertura comercial que no fructificó. Don Alfonso y mi padre llegaron a un acuerdo: cada noche pagaba uno de ellos y así evitaban las molestas cuentas compartidas. La primera noche pagó mi padre a sabiendas de que los dos eran de buen comer y beber. La segunda noche don Alfonso pidió la cuenta pero el mesero, con gran amabilidad, se acercó y le dijo, don Alfonso para nosotros es un honor tenerlo en esta casa, usted aquí no paga. Agradecieron la gentileza. La tercera noche volvió a pagar mi padre. Y la cuarta, en otro restaurante, ocurrió exactamente lo mismo, Don Alfonso, usted aquí no paga. No fue sino hasta la sexta noche en que Reyes Heroles montó en cólera, no se vale maestro, yo no sabía que usted era tan conocido en La Habana y que no paga en ninguna parte. Noriega soltó la carcajada. Él llamaba antes para tender la treta.

Muy amigo de sus amigos, los fomentaba y aprendía de ellos. Así los conservó hasta el final.

29.

Con frecuencia, personas mayores, y no tanto, me abordan para decirme orgullosos, yo trabajé con Reyes Heroles. La recurrencia me llamó la atención y entonces empecé a preguntarles cuándo y dónde. Yo trabajé en el Seguro Social cuando fue subdirector, yo para Pemex en Pajaritos o en Gobernación, yo como representante de migración en Colima, yo en Educación en Proveeduría. La gran mayoría de personas nunca conoció a Reyes Heroles, nunca lo trató. Pero el personaje provoca orgullo y la gente sentía que trabajaba para él. En alguna ocasión me provocó molestia, pero comprendí que no lo hacían para fingir una relación que no tuvieron, sino por decir yo trabajé con Reyes Heroles y él es un referente. La nómina es infinita.

Cuentan que Francisco "Pancho" Liguori, veracruzano de origen, un hombre conocidísimo por los epigramas que publicaba en la revista *Siempre*, dirigida por don José Pagés Llergo, se le sentó en la antesala sin cita. Eran amigos, pero ese día Reyes Heroles no lo recibió. Liguori le dejó un epigrama:

Oh, Jesús Reyes Heroles,
te pido a ritmo de bamba,

me concedas una chamba,
que me gustan los petróleos.

Que yo recuerde, nunca la obtuvo, y la amistad entre ambos siguió adelante.

30.

Cuando Echeverría corrió a Reyes Heroles del PRI le ofreció la dirección del Seguro Social, institución que Reyes Heroles conocía muy bien y que además quería mucho. Reyes Heroles necesitaba un ingreso porque eso del ahorro para las secas no lo aprendió sino hasta muy tarde. A las pocas semanas de haber dejado Pemex, en 1970, mi padre entró en crisis porque no tenía ingresos. ¡No tenía para pagar la gasolina! Fue por eso que aceptó dirigir el Complejo Industrial de Ciudad Sahagún, necesitaba el sueldo. Pero su desprecio por Echeverría estaba vivo. Me voy a hacer cochecitos, declaró a la prensa, él que era considerado gran ideólogo. De nuevo: la necesidad tiene cara de hereje. Por cierto, Reyes Heroles difícilmente entendía la combustión interna y manejaba que daba miedo (de lo mal). Al rato ya presumía el lanzamiento del Renault 12, o el nuevo Dinalpin. Cuando Díaz Ordaz se enteró del sueldo mensual de su ex director, que era equivalente al subdirector del IMSS, lo regañó: cómo no me dijo, abogado. A Reyes Heroles no se le daba eso de pedir aumentos. Regresemos al IMSS, a su segunda vuelta, como director.

Las giras disminuyeron pero, cuando se podía, mi padre aprovechaba para invitar a mi madre si el lugar era atractivo. Inaugurar una clínica en Puerto Vallarta, por ejemplo. Pero visitar un hospital en Coatzacoalcos no era muy apasionante, así que el invitado era yo. Su trabajo en el IMSS le encantaba, pero empecé a notar algo raro. Cuando llegaba por él a la oficina para irnos al aeropuerto, normalmente los viernes en la tarde, salían de ella personajes que no tenían nada que ver con el IMSS: diputados y senadores de la oposición, intelectuales que no iban a pedir atención o un aumento en su pensión. Nunca vi a Reyes Heroles hacer tanta política como en esos meses que estuvo en el IMSS como director.

En diciembre de 1976 López Portillo, el "príncipe encorsetado", designó a Reyes Heroles como secretario de Gobernación. Ese simple hecho era un mensaje para Echeverría. A los pocos días, mientras poníamos el árbol de navidad, ceremonia que mi madre no perdonaba, vi entrar a cuatro o cinco personas que cruzaron por la sala y se encerraron en la biblioteca por varias horas. Reconocí a dos: Arnoldo Martínez Verdugo y Gilberto Rincón Gallardo.

Durante su estancia en el IMSS y ante la ridícula campaña de López Portillo sin contrincantes, Reyes Heroles se lanzó por su cuenta a estudiar sistemas electorales y a imaginar cuál sería el más pertinente para México. Quién iba a imaginar que desde la Dirección del IMSS se fraguaba una propuesta que debía ser consultada previamente con los opositores de todos los signos. Reyes Heroles tuvo como alumno en la Facultad a Emilio Cassinello quien, a su vez, era muy amigo de Raúl Morodo, un ideólogo central de la transición española. Cassinello fue designado embajador en México en los años setenta. Raúl Morodo fue quien fraseó aquello de la "transición pactada". Creo que esa idea pesó en el proceso mexicano. ¿De qué servía una propuesta de modificación de la Ley Electoral si las partes la rechazaban? Cuando López Portillo llegó a la Presidencia, buena parte del trabajo de acercamiento político estaba hecho. Después vinieron las consultas públicas en el Salón Juárez de la Secretaría de Gobernación y, durante muchas semanas, por allí desfilaron opositores de todos los signos, intelectuales y académicos que expusieron sus puntos de vista (véase la lista al final del libro). Yo asistí a esas reuniones, que fueron muy interesantes.

No puedo olvidar el gran control y estatura de Martínez Verdugo el día que el Partido Comunista presentaba su posición y que el representante del PRI llegó borracho a la sesión. Después de varias impertinencias, Reyes Heroles pidió un receso y que le sirvieran café al susodicho. Cuál va siendo la sorpresa cuando un tiempo después de reiniciada la sesión, el personaje regresó aún más borracho. Reyes Heroles se enfrentó a muchas resistencias internas pero, por fortuna, López Portillo lo apoyó en la que fue no sólo una reforma electoral, sino un cambio de coordenadas políticas que incluía la

Amnistía y con ello la aceptación de las atrocidades cometidas durante la llamada Guerra Sucia. También quedó plasmado desde entonces, en el Artículo Sexto Constitucional, el derecho a la información. Reyes Heroles planteó a López Portillo la representación proporcional en el Senado, pero el presidente sugirió dejarlo para un segundo round que ya no se dio en esa gestión.

Hubo un gobernador que le dijo, no te entiendo Jesús, para qué modificar el cartel si la plaza está llena. López Portillo había ganado con el cien por ciento de los votos. Esa era la actitud de muchos al interior, sobre todo al interior de los organismos corporativos.

31.

Ya siendo secretario de Gobernación, Beatriz y yo invitamos a mis padres a cenar a un pequeño restaurante que se encontraba sobre Francisco Sosa, a unos metros de la plaza de Coyoacán. El dueño era un profesor de la Facultad de Economía, muy radical de izquierda, pero coleccionista de coches antiguos (recuerdo un Mercedes Benz y un pequeño Fiat Cinquecento). Había pasado varios años en Italia, vestía como italiano y servía buenas pastas. Su lema de vida era "La izquierda bien vestida, jamás será vencida". Estoy seguro que varios de los meseros provenían de las "Brigadas Rojas" y *Los Geranios* los acogía a su llegada. Allí llegó el secretario de Gobernación y se percató del asunto. Algo hizo después al respecto, para regularizar su situación.

En el lugar servían sólo vino de origen dudoso. Al final, en un italiano mexicanizado nos ofrecieron el postre: merengue con brandy. Mi padre guaseó al mesero, tiene merengue sin brandy, sí, respondió el italiano seguro, entonces tráigame por favor el brandy sin merengue. Hubo un silencio y después el mesero lanzó un nooo sin saber con quién hablaba y la comanda en la mano. El humor no lo abandonaba.

32.

Mi padre nunca litigó. Bueno, litigó tres casos y salió corriendo. El primero suponía recuperar una máquina de coser en posesión de una anciana. Terminó pagando él la deuda. El segundo fue un lanzamiento que se llevó a cabo muy a su pesar. El tercero fue contra un tío suyo que había despojado a su madre de una pequeña herencia que para ella era todo. Lo ganó sin consideración por el malvado. Le quedó claro que eso de litigar no era lo suyo.

Tampoco el derecho mercantil, ni el penal, le apasionaron. A todo le entendía pero no lo gozaba. En cambio, la teoría del estado le apasionaba. Cuentan que era un profesor muy estricto. Me lo imagino perfectamente en su papel de malo. Gozaba su clase. La conservó muy temprano por la mañana, incluso ya teniendo responsabilidades administrativas serias. Salió de la Facultad de Derecho porque el director, César Sepúlveda, le empezó a poner piedras en el camino. Se dice que como profesor era muy brillante —también me lo imagino—, y eso provoca las peores mezquindades. Se hicieron varias versiones de sus apuntes en mimeógrafo. Son espléndidos. Pero vayamos a lo grato.

La UNAM le abrió un espacio vital que nunca abandonaría. Estudió con una beca crédito, de esas que hoy es imposible mencionar, y sus padres tuvieron que firmar como aval. También para Argentina consiguió otra beca, creo que de la naciente OEA. No estoy claro. Contaban y cuentan los pocos compañeros de estudios que todavía viven, José Carral entre ellos, que desde los primeros semestres brilló. Cuando caminaban Jorge Castañeda Álvarez de la Rosa, "el gordo" Santiago Oñate y Reyes Heroles juntos les decían el 100, un flaco y dos gordos, o el 001, o el 010, dependiendo de la posición. El pensamiento era lo suyo, eso le quedó claro al futuro abogado, pero pensar para algo. De ahí sus múltiples disquisiciones sobre la acción y el pensamiento, de ahí su admiración por Mirabeau, por Ortega y Gasset, por Manuel Azaña. Era un pensamiento sin acción, hermoso pero poco fecundo. La acción sin pensamiento es una irresponsabilidad. Cómo lograr un equilibrio entre las dos actividades era el reto.

Ese fue un dilema que lo acompañó toda la vida. De hecho en el que sería su último libro, *Dos ensayos sobre Mirabeau*, el eje es ese. Hasta allá llevó su encrucijada vital, hasta el final de su vida. Por cierto, ese libro tiene un origen curioso: se gestó en un mingitorio.

Soy Félix Moreno Calleja, de la *Librería del Prado*. Se miraron mientras hacían lo que correspondía. Claro, gusto en verlo.

Permítame lavarme las manos. Mi padre era muy pulcro, imposible darle la mano a alguien sin que antes ese alguien se lavara las manos.

Mire, don Jesús, debe haber dicho el "librero de profesión y editor por afición" de origen español, yo edito un libro no venal cada navidad. He pensado, y aprovecho esta oportunidad, que valdría la pena reeditar el ensayo de Ortega sobre Mirabeau, autores a los que sé que usted admira. Y quisiera pedirle otro sobre ambos. Para cuándo lo necesita… sin más. Salieron del baño con un acuerdo. La navidad de 1984 apareció la edición bien cuidada. Reyes Heroles cambió una letra para distanciarse de Ortega y su conocido ensayo *Mirabeau* o el político. El mexicano lo tituló *Mirabeau o la política.* Es una delicia.

33.

Mi padre estaba acostumbrado a jornadas de trabajo muy largas. Odiaba los desayunos, los evitaba tanto como fuera posible y ese tiempo lo dedicaba a leer prensa. De ahí se iba a la oficina. Mientras fue director de Pemex comía frecuentemente en la casa. Dormía una siesta breve y se regresaba a la oficina. Era bastante noctámbulo, así que trabajaba en esas horas en que los teléfonos se empiezan a apaciguar y las ideas no sufren interrupciones. Las oficinas estaban en Avenida Juárez casi esquina con Reforma. Hacía menos de media hora al sur de la ciudad. Era otro México. Pero el tránsito cambió su vida.

Salía de casa a eso de las diez de la mañana, o más tarde, para regresar pasadas las diez de la noche. Un día, estando en Gobernación, un periodista le reclamó su ausencia en las horas tempranas de la mañana. Reyes Heroles le contestó, discúlpeme, yo no soy el portero, soy el secretario. Al llegar a casa lo primero que hacía era quitarse el saco e inmediatamente botar los zapatos. Se sobaba los pies. Usaba zapatos de horma dura y se sentía liberado al quitárselos. Yo ya usaba zapatos de goma, suaves, resistentes a los charcos y a la humedad de la temporada de lluvias, en fin soy un crítico de los zapatos duros y con suela de cuero y defensor a ultranza de la comodidad de las nuevas tecnologías. ¿Por qué no te compras unos más suaves? No, de ninguna manera, ve lo feos que son, y señaló los míos. No son formales como los que yo necesito. Por lo menos prueba los fines de semana. No, me dijo.

No me di por derrotado y le conseguí unos Clark's, un zapato irlandés tomado del diseño de los mocasines indígenas, amplios, cómodos y con suela de hule flexible. Se los regalé para Cuernavaca y estoy convencido de que la primera vez que se los puso fue por compromiso y con pena. Pero la comodidad hizo su trabajo y cada vez los usó con mayor frecuencia. El modelo era totalmente informal: qué hacer con los días de trabajo. Un día caminábamos por Nueva York y pasamos frente a una zapatería donde había Clark's negros. Le insistí, cómprate unos y cuando no tengas ceremonias los puedes usar. Cayó. Se inició un viaje sin retorno. Poco después consiguió otros y cada vez que podía traicionaba la horma dura y salía huyendo hacia sus Clark's. Dejó de tener molestias en los pies, así de sencillo, así de importante. Las jornadas largas en ocasiones gozaban de ese alivio.

34.

La relación con López Portillo fue bastante buena, los primeros años. Incluso el presidente bromeaba sobre ella. Por ejemplo, cuando viajó a España después del restablecimiento de relaciones advirtió que dejaba encargado al "churumbel mayor". Los enemigos de Reyes Heroles empezaron a introducir cizaña con aquello de los dos presidentes, el económico y el político. Dar por terminadas las relaciones con la República en el exilio no dejó de dolerle al republicano Reyes Heroles. Pero fueron otros dos factores los que dañaron en definitiva la relación.

El primer factor fue la designación de Margarita López Portillo en Radio, Televisión y Cinematografía, que dependía de la Secretaría de Gobernación. La funcionaria, con "derecho de picaporte" en Los Pinos, ostentaba su poder saltándose todas las instancias. Él decidía A y ella hacía Z. La posibilidad del ridículo merodeaba. Para Reyes Heroles el asunto se volvió insoportable. Había diferencias de fondo —de qué hacer—, pero sobre todo de forma y, como es sabido, para Reyes Heroles la forma era fondo. Reyes Heroles y la que, en teoría, era su subordinada, tuvieron una fricción muy seria mientras el presidente López Portillo andaba de viaje por China.

Al regresar inquirió a su secretario con cierta severidad, por supuesto, defendiendo la postura de su hermana. Reyes Heroles fue a las formas, a las que llamó majaderías de la señora. Para que imagines como estuvo, le dijo, si hubiera sido varón le pego un moquetazo. No pasa por mi mente ver a mi padre dando un moquetazo, se hubiera destrozado la mano. Cuando me lo contó pensé, esto ya no va a durar. López Portillo tenía una enorme debilidad por las mujeres que lo rodeaban. La franqueza dominaba a Reyes Heroles y eso no correspondía a un político hábil en la concepción común.

El segundo factor de rompimiento fue la primera visita de Juan Pablo II a México. La euforia popular era de pronóstico, pero el vuelco enloquecido de la Presidencia hacia el evento puso a Reyes Heroles en una situación muy difícil. No era personal. La visita podía lacerar al estado laico mexicano. Las normas no habían sido adaptadas para tal evento, por lo tanto, la transmisión radiofónica y televisiva de las misas y actos violentaba el cumplimiento de la legalidad a cargo de Gobernación. Las dudas eran muchas y Reyes Heroles peleó para que los preceptos se respetaran. Ante la posibilidad de tener que imponer una multa, López Portillo respondió a un periodista, yo la pago. ¡El jefe de estado aceptando la violación de la norma! Las tensiones se hicieron públicas, pues se sabía de la fría postura del secretario frente al clero católico. Por supuesto que se reunía con ellos pero, conocedor de la historia de México, en particular de ese capítulo, sabía de las peculiaridades de la relación y de sus límites.

La propuesta de enviar al avión presidencial por el Papa fue un condimento que agrió las cosas. Reyes Heroles se opuso tajantemente y ganó la batalla. Pero había una intención por parte del Vaticano que sulfuró a Reyes Heroles. El Papa pretendía que su primer acto masivo fuera en Guelatao y la Presidencia, en principio, había aceptado. Reyes Heroles se volvió a enfrentar y la ganó. No era "comecuras", cedió en algunas: la recepción casi en calidad de jefe de estado en el Hangar Presidencial, cuando no había relaciones formales con el estado Vaticano, la misa privada en Los Pinos, de la que se supo en todas partes, la visita acompañada del Papa a la Basílica junto con el canciller mexicano, varios asuntos. Allí se dio una anécdota simpática.

Reyes Heroles le dijo en el automóvil al canciller Santiago Roel, Santiago, nos bajamos del coche y lo despedimos. Él entra solo al templo, a lo cual Roel contestó, por supuesto Chucho, yo soy protestante. Santiago, no es por eso, lo platicaba con humor. Pero claro, esas espinas se le quedaron clavadas a López Portillo. El final se aproximaba.

35.

Mi padre contaba una historia que hoy me parece fascinante. Había ido a visitar a su familia a Tampico en el famoso vuelo de Mexicana de Aviación que se inició en 1921, año de nacimiento de mi padre. Los vuelos entre Tampico y la capital impulsaron a varios pilotos estadounidenses —que se quedaron sin empleo después de la Primera Guerra— a formar una aerolínea. También hicieron acrobacias para ganarse sus panes. Deben haber sido buenos pilotos.

De regreso a México, el aparato, probablemente un DC3 porque los aviones que inauguraron el trayecto, los Lincoln Standard, ya estaban en desuso en los años cuarenta, sufrió una falla. El hábil piloto aterrizó en una pradera escampada. Hasta allí todo iba bien. Los bajaron del avión, pues tendrían que trasladarlos en automóvil. El calor era infernal y varios pasajeros decidieron caminar hacia un árbol cercano, buscando sombra. Iban caminando cuando vieron a lo lejos venir corriendo a unos toros bravos que ya los tenían en la mira, entre cuerno y cuerno. ¡A correr se ha dicho! De regreso al avión, donde se refugiaron en un horno hasta que alguien se apiadó de ellos. Por lo que contaba mi padre, los cuernos estuvieron cerca. Salvarse de un avionazo para morir cornado, no podía ser.

36.

Ya que de franqueza hablábamos, Reyes Heroles contaba que un día le lanzó a Díaz Ordaz, presidente, le andan colgando a "La Tigresa", tengo la obligación de decírselo. A lo que el presidente le respondió, abogado, tengo muchos defectos pero no mal gusto.

Lo mismo hizo con López Portillo: en la calle se dice que se acuesta con Luz y amanece con Alegría. Un rostro severo se apoderó del presidente. Tuvo más humor Díaz Ordaz.

37.

Mi padre era un bibliófilo. Suena muy elegante, pero en realidad es una manía. Desde siempre estuvo rodeado de libros, en sus escritorios, en las mesas de la casa, en su buró. Eran una verdadera invasión. Lector voraz podía leer varios libros a la vez, según su estado de ánimo. Además de teoría política e historia, a Reyes Heroles le gustaba mucho leer literatura, sobre todo si eran vacaciones. Con el tiempo se le fue desarrollando la bibliofilia, ese amor no sólo por leer libros sino por tenerlos, poseerlos. Así cayó en el vicio de los libros antiguos. Fue comprando por todas partes en las librerías de viejo en México, pero sobre todo cuando viajaba.

Viajar con él no era hacer turismo tradicional. Si estaba en Londres, París o Buenos Aires la primera escala era con los libreros-anticuarios. Le invertía un día entero o dos en ir a "pepenar", como decía. Por supuesto que los compraba por el contenido, por la edición, pero también por las pastas firmadas o los grabados. Muy frecuentemente en las noches estaba acompañado por alguna de sus grandes piezas, allí en su cama, tan sólo viéndolo, no leyéndolo con sistema. Un día le pregunté, qué haces tanto tiempo con el mismo libro, estoy cachondeando la primera edición de *El Leviatán.* El cachondeo le llevaba horas, los manejaba con cuidado, los frotaba, los acariciaba. Una relación muy particular que me recuerda al personaje de Elías Canetti en *Auto de fe*, Herr Professor Kien, a quien Teresa vuelve loco simplemente volteando en la biblioteca los lomos de los libros hacia la pared. ¡Qué bueno que nunca se le apareció una Teresita! También lo hubiera enloquecido.

Fue acompañándolo a las librerías de antiguo que descubrí una relación curiosa de los bibliófilos con los libros. Llegaba a esos sitios detectados con un mecanismo de inteligencia previa —los boletines de bibliófilos— y tomaba varios ejemplares. Se entretenía mucho tiempo con algunos, poco con otros. De pronto les decía a los dueños-vigías, me llevo aquellos: justo los que había despreciado en apariencia. El vendedor se quedaba desconcertado y en ocasiones molesto. A través de los boletines para bibliófilos donde los poseedores de las joyas se ostentaban, ya sabía qué buscar en ese lugar. Conocía historias del vendedor, que en el fondo, no quiere vender. Los engañaba, les daba un capotazo y se iba con la joya después de despistarlos con aquellos por los cuales no tenía interés. Escuché cómo le argumentaban para no venderle. En cada ciudad importante ya tenía localizados los establecimientos y los ejemplares que el librero lucía sabiendo que quizá sería la última oportunidad en su vida de tener ese volumen en sus manos.

En Buenos Aires nos ocurrió algo simpático. El primer día hizo la misma maniobra y salió victorioso. Ya en el hotel me dijo, en la vitrina tenía una edición de *El Lazarillo de Tormes* que es fantástica. Mañana vamos por ella. En la primera visita ni siquiera pidió verla. Pero claro, el vendedor se percató que estaba frente a un tiburón de las compras. Cuando regresamos al día siguiente, la edición ya no estaba en la vitrina. Siguió la misma técnica: pedir otros libros y fingir demencia. Pero pasado un tiempo —ya había peinado la librería el día anterior—, le preguntó al vendedor por *El Lazarillo*, quien le respondió con el sentimiento de alguien herido, ya no la voy a vender.

Esa extraña relación entre bibliófilos encontró eco en Manuel Porrúa. Si no mal recuerdo, en la librería del centro había un apartado para los libros de colección. Allí iba mi padre y compraba libros. Recuerdo una ocasión en que el librero le llamó para recomprarle un ejemplar que extrañaba. A partir de ese episodio empezaron a prestarse libros. Porrúa se los enviaba a vistas, mi padre los cachondeaba un par de semanas y se los devolvía con un agregado propio que estaba en manos del librero por otro período. Y así, ni se compraban ni se vendían, los compartían. Par de maniacos muy abusados: gozaban lo del otro sin caer en la insana tentación de poseer todo.

Mi padre formó una biblioteca realmente formidable donde igual se encontraba una primera edición de *La Enciclopedia* o de Revillagigedo o de Hobbes, la folletería que dio vida a *El liberalismo mexicano* y cientos de joyas e incunables de muy diverso origen. Siempre pensó que esa manía le ayudaba a formar un patrimonio, pero la vida da muchas vueltas. No sé cómo hubiera digerido esta etapa del siglo XXI en la cual la visita a la Biblioteca de Washington o al Archivo de Sevilla se puede hacer a través de una pantalla y los libros son compartidos por vía de la red. El hecho es que fue muy feliz con su hobbie-manía. No formó patrimonio, lo bueno es que no se enteró. No tenía otra actividad que le apasionara a tal grado: gozaba sacar sus libros y cachondearlos por horas y horas.

38.

La mañana del primero de septiembre de 1982 nos sentamos frente al televisor a ver el Sexto Informe Presidencial de López Portillo, su antiguo jefe. A Reyes Heroles le había llegado el rumor de la nacionalización de la banca, no recuerdo bien a bien por dónde. Estaba muy preocupado. ¿Se atreverá?, se preguntó en voz alta. Cuando llegó el momento del anuncio, Reyes Heroles me dijo, quiere salvarse ante la historia, pero nos va a llevar décadas componer este desastre. Así fue.

39.

En la mitología de Reyes Heroles aparece siempre su afición por el dominó. Era real, le gustaba mucho, se la pasaba sensacional cuando ganaba y pésimo cuando perdía. No era un gran estratega ni algo similar pero tenía una ventaja: sus adversarios tampoco. Fue así que se formó un grupo que se reunía todos los martes a jugar dominó en el viejo local del restaurante *Guria* en la calle de Colima. Por supuesto, Reyes Heroles no podía ir a jugar todos los martes, pero cuando veía una rendija se escapaba de las oficinas un par de horas a darle a las fichas.

El grupo estaba integrado originalmente por varios compañeros de su generación, ellos sí litigantes. Después aparecieron amigos que se fueron sumando. Reyes Heroles se metía en el juego, en la "sopa", que odiaba hacer pues implicaba haber sido derrotado. Sus supersticiones afloraban, le daba un codazo a la "sopa" antes de que se repartieran las fichas. Con un whisky esperándolo por allí y su inseparable cigarro, se iba a otro mundo. La mula, la mula, quién trae la mula, yo creo que eres tú, decía, señalando a un adversario que cargaba doce puntos muy riesgosos. La nueva, y golpeaba sobre la mesa con un uno o lo que fuera. Hablaba mucho durante las partidas con frases hechas que, sin embargo, no se desgastaban. Eran las pertinentes para moler al contrario.

Uno de los asistentes asiduos era el licenciado Fausto Núñez, también de Veracruz, que fue su secretario particular en varias ocasiones. Con el pelo totalmente cano, delgado y alto, daba la impresión de ser un zorro en el juego. Pero tengo la impresión de que Fausto, como le decía de cariño mi padre, nunca entendió bien a bien de qué se trataba. Cuando le tocaba de compañero, Chucho, como le decían sus amigos, comenzaba con una advertencia, pero cuenta, Fausto, por favor, cuenta las fichas. Allí se acuñó la expresión el "cierre Núñez" para referirse a esa absurda situación en que el licenciado Núñez ponía una ficha y se escuchaba, paso, paso, yo también. ¡Fausto, gritaba mi padre, ya lo cerraste otra vez! Muchas veces esa pareja perdió por un cierre no calculado y desastroso.

Sus cuates, por así denominarlos, no tenían nada que ver con la política y yo creo que mi padre descansaba hablando de otras cosas. No eran personas pudientes y como la cuenta se dividía, las crisis muy frecuentes en esa época les pegaban en el bolsillo. De pronto ya no había suficiente para pagar un vino importado y entonces compraban nacionales y se quejaban amargamente. No era como ahora que hay variedad y calidad. Un día, ya desesperados, en la comida después del juego, discutieron en serio la posibilidad de producir entre todos un vino que fuera noble.

Uno de sus amigos distribuía licores, no los menciono en afán de proteger su buena reputación. Eran un horror, veneno puro, pero distribuía. Otro, Miguel Ángel Barberena, tenía un rancho en Aguascalientes y producía vid con la ilusión de llegar a ser un productor serio. Otro conocía a un enólogo, qué es eso, preguntaron todos. Así fueron sumando esfuerzos, contrataron al enólogo, compraron caldos y sacaron su propio vino: "El Claustro". La primera añada no satisfizo a nadie, pero poco a poco la producción fue mejorando y así llegaron a brindar con El Claustro muy orgullosos de su aventura vitivinícola. El vino llegó a comercializarse con bastante buena acogida. No sé cómo le hubiera ido con la apertura comercial, pero de que discutían los martes sin parar como grandes conocedores, no hay duda, de que lo gozaron tampoco.

El rumor de que Reyes Heroles acudía a esa mesa se corrió y hubo momentos en que el grupo original se molestó por la invasión de personas que iban a buscar a Reyes Heroles para grillar. No sabían, o no querían entender, que ese par de horas dedicadas a las fichas eran un paréntesis muy gozoso de la actividad del político veracruzano. Mi padre murió antes que muchos de ellos. Regresé a la cita en un par de ocasiones pero era muy duro recordarlo con una carcajada por haber ganado una partida por "zapato", es decir, que los contrincantes habían quedado con cero puntos, situación que le recordaría a sus contrincantes toda la jornada. Por cierto, aquí en la intimidad, que no me escuche mi padre, pero no jugaba muy bien. Así es la vida.

40.

Por supuesto, en aquellos tiempos mi padre se mofaba con expresiones chuscas de ciertos personajes. Cuando alguien le preguntaba si fulano era honrado, respondía, sí, ahora, honrado, honrado, lo que se dice honrado, no.

Cuando alguien afirmaba de zutano que no había robado siempre respondía, pero ¿ha estado donde hay? Porque si no, no tiene gracia.

41.

Después de que López Portillo lo corrió de Gobernación ocurrió lo de siempre: muchos le dieron la espalda. No sus verdaderos amigos, que siguieron frecuentándolo. Pero entonces se llevó una agradable sorpresa. Hubo un personaje de la vida política que abiertamente siguió buscándolo: Carlos Hank González. Era regente de la Ciudad y le hablaba una vez al mes, por decir algo, y lo invitaba a un restaurante donde los vieran. No Carlos, le decía Reyes Heroles, no te conviene, se van a enojar contigo. Chucho, dónde quieres ir, respondía el profesor.

Hank era muy cuidadoso de las formas y del trato con el personal. Se sabía el nombre de los elevadoristas, de las cocineras y recordaba sus historias. Don Esteban, cómo está su esposa, salió bien de la operación. Julián, qué fue del chamaco, ya entró a la prepa. Estrechaba manos firmemente y dejaba la mirada fija para que se sintiera, y así por todas partes. Con Reyes Heroles tenía detalles que hablaban de su madera, un ejemplo: salía de la Regencia y pasaba por él a la casa, del centro al sur. Parecía que hacía todo para que su amigo el presidente se enterara de sus encuentros con Reyes Heroles. Atrás estaba una discusión entre ellos que duró décadas.

Reyes Heroles se oponía a la modificación del artículo 82 de la Constitución para permitir que los hijos de extranjeros pudieran ser presidentes. Hank estaba a favor. Se les aplicaba a los dos. Hank defendía la tesis de que un político pobre era un pobre político. A Reyes Heroles acumular fortuna no le interesaba. Siendo tan diferentes, fueron muy buenos amigos.

42.

Con experiencia en eso de los despidos, Reyes Heroles asumió su salida de Gobernación como un exilio. Sin embargo, López Portillo trató de tender un puente. Le pidió al maestro Antonio Martínez Báez, quien había sido maestro de los dos, que organizara una cena en su casa e invitara a Reyes Heroles. Allí llegó quien se encontraba en el total ostracismo investigando a Gutiérrez de Estrada y también la Razón de Estado. El anfitrión los sentó uno frente al otro, rompiendo protocolos. Comenzó la charla y ya en el plato principal López Portillo le lanzó a Reyes Heroles algo así como, Chucho, ¿no te gustaría irte a vivir a Jalapa seis años? Por qué no te lanzas de candidato a Veracruz, tendrías todo nuestro apoyo. El silencio no fue prolongado, Reyes Heroles intuyó el motivo de la extraña reunión. No gracias, no mientras López Portillo sea presidente.

Pobre maestro Martínez Báez, la situación se tornó ríspida. López Portillo no comió postre, se levantó y se fue minutos después de la respuesta.

43.

En aquel Fairchild F-27 del PRI se cocinaban muchas cosas políticas, pero nada más políticas. Reyes Heroles decidió hacer giras previas a la designación de los candidatos a gobernador con todos los aspirantes. Había un mitin para demostrar unidad y en ocasiones se subían de nuevo al avión, donde eran informados de la decisión tomada por los "sectores". Recuerdo a Cuauhtémoc Cárdenas en su primer intento por ser gobernador de Michoacán. En una de esas giras, después de un acto multitudinario, despegamos con no recuerdo qué origen ni destino. Reyes Heroles convocó a los aspirantes a la parte trasera del avión. Uno de ellos venía sentado junto a mí, la verdad no recuerdo su nombre. Lo que sí recuerdo —es imborrable— es su regreso al asiento. Yo iba leyendo y no presté demasiada atención. De pronto el individuo me dijo, perdón, perdón, pero no puedo contenerlo y volvió el estómago invitándome de esa manera a su luto. No era el elegido.

En ese avión pasamos tantas horas que vivimos de todo. No tenía cocina y, cuando más, había una dosis moderada de queso y rebanadas de jamón. Chicles como postre. Un día muy largo en que creo que despegamos de

Culiacán y volamos a Tamaulipas, donde comimos después de otro mitin y otra vez hicimos una escala por la tarde —con mitin incluido— antes de volar de regreso a la Ciudad de México, al despegar todo mundo preguntó por los trocitos de queso o lo que fuera. No quedaba nada, faltaban un par de horas de vuelo. Reyes Heroles, también muerto de hambre, llamó al copiloto y le preguntó con toda ingenuidad aeronáutica, oiga capitán, ¿no podríamos hacer una escala en Veracruz para comer unos camaroncitos y unos langostinos de *El Prendes*? Así fue, pasamos a cenar a Veracruz y ya con la panza llena el corazón estuvo más contento. De allí la inviolable regla de las giras: cuando puedas comer come, aunque no tengas hambre; cuando puedas ir al baño ve, aunque no tengas ganas.

44.

Cuando Reyes Heroles llegó a Gobernación, el ex presidente Luis Echeverría no se había dado cuenta de que ya era eso, ex presidente. Se encontró con que el personaje tenía red federal pero, lo más grave, era que ¡la usaba! Se daba el lujo de llamar a los miembros del gabinete y sugerirles qué hacer o darles instrucciones. López Portillo tenía una relación muy particular con Echeverría, recordemos que de jóvenes viajaron juntos por América Latina y que en alguna ocasión declaró que eran como hermanos. Pero a la vez sabía que no podía permitir su intromisión. Para eso llamó a Reyes Heroles, públicamente distanciado de Echeverría. Pero López Portillo no quería saber cómo se operaría la ruptura.

Reyes Heroles le comentó lo de la red y el presidente no reaccionó. Para las pulgas de Reyes Heroles eso era una afrenta a la vida institucional. Un día López Portillo lo llamó, Chucho, me acaba de hablar Luis, está furioso, que le quitaron la red, ¿quién dio la instrucción? Yo, fue la respuesta. Y ¿por qué no me consultaste?, le preguntó. Porque usted me hubiera dicho que no lo hiciera. Tiempo después López Portillo lo reconoció, fue lo correcto, gracias.

Es común que los ex presidentes planeen su retiro creando instituciones. En Estados Unidos están las bibliotecas de los ex mandatarios. Echeverría construyó una enorme instalación para seguir con su obsesión de poder, la llamó Centro de Estudios Económicos y Sociales del Tercer Mundo. Cada quien sus obsesiones y él tenía derecho a la suya, salvo que la pagaba el erario en un momento crítico. Reyes Heroles maniobró y cancelaron el presupuesto para la naciente institución. Echeverría montó en cólera y le habló a su amigo el presidente, quien llamó a su secretario de Gobernación. Chucho, Luis otra vez está furioso. La respuesta fue más o menos la misma, si te hubiera preguntado... Cómo cambiar de rumbo si seguimos financiando sus locuras. Reyes Heroles defendía a la institución presidencial a sabiendas de que su jefe no estaría de acuerdo. Echeverría heredó a su hermano, el rompimiento era anunciado. Si hubiera aceptado a una nueva generación quizá el rompimiento inevitable hubiera sido distinto. Reyes Heroles debe haber sido un colaborador poco usual, incómodo e irreverente. Sus jerarquías eran otras. Se entiende el enojo de los presidentes con los que trató a los que no les respondía con la hora deseada por el mandatario. No era odio a nadie, era una lógica del profesor de Teoría del Estado.

45.

Después de la muerte de mi padre me invadió un potente enojo. Enojo con la vida, enojo con él. Yo lo necesitaba. Un hombre brillante de sesenta y tres años, con mucha vida útil por enfrente, lentamente se había suicidado. Cómo una persona tan inteligente no había corregido un vicio mortal. Él comenzó a fumar muy joven. Las tabacaleras ocultaron el conocimiento sobre el daño del tabaco más de dos décadas. Pero creo que la explicación está más allá.

Mi padre vivía con una gran intensidad. Venía de muy lejos, de muy abajo, todo había sido cuesta arriba y él sabía que los finales no eran felices, que eso pertenecía a un romanticismo que él nunca compartió. Quizá por ese realismo con que se gobernaba a sí mismo decidió caminar por la vida tomando todas las oportunidades sin calcular el final. Su hermano había recibido un balazo vendiendo juguetes. Quizá por eso fue aún más supersticioso, porque sabía que la razón sólo gobierna una parte de la vida y que, como dijo Maquiavelo, uno de sus autores favoritos, la fortuna está a cargo de la otra mitad.

Con el paso de los años ese enojo se ha ido desvaneciendo en mí. Vivió como quiso, sufrió lo que la vida le impuso y construyó sus propios gozos. Cómo reclamarle que dejara de fumar o que hiciera ejercicio. En una entrevista que le hicieron a Winston Churchill, le preguntaron por su forma de vida para llegar a viejo. Sobre el secreto de la longevidad, Churchill respondió: "No sports, just whisky and cigars". Es la misma actitud vital, salvo que Reyes Heroles nunca llegó a viejo. Él era gozoso de su día, de su energía por hacer las cosas, una energía que no estaba vinculada con el cuerpo. Troquelado por su abuelo, por su padre, por esa condición de dejar una patria para buscar otro hogar y un mejor futuro, trató de construir lo que imaginó. Si la muerte estaba de por medio era lo de menos. Había cosas peores estando vivo. Entenderlo ahora me reconcilia con la vida. Conoció nietos que difícilmente lo conocieron a él. Murió con dignidad y sin arrepentirse de su forma de vida. No hubiera sido lo que fue sin ser lo que era todos los días. Se ríe y se seguirá riendo en mi memoria.

46.

Estábamos en Nueva York. No recuerdo si ocupaba un cargo público o no. Fuimos al MOMA. Cada quién andaba en una sala diferente. De pronto reconocí a Jacqueline Kennedy. Allí estaba, delgada, de pantalones, tacón bajo, mirando fijamente no sé qué cuadro, con el pelo hacia atrás y una pequeña cola de caballo. Fui por mi padre y le dije, olvídate de Matisse o no sé quién, ven a ver a Jacquie… Mi padre se acercó con cautela, sin prisa, sin perder el estilo. Ya en la sala me preguntó, dónde está. Hacia tu derecha. Cuál va siendo mi sorpresa cuando se pone sus anteojos oscuros para que nadie reconociera a Reyes Heroles echándole ojo a Jacqueline Kennedy. ¿Pensaba que todo mundo lo reconocía en todo el mundo o le daba pena observar sin disimulo? No le quitó los ojos de encima mientras pudo.

47.

En las carpetas de apuntes y notas de Reyes Heroles archivadas en el Centro de Estudios de Historia de México Carso, hay varias que resultan muy reveladoras de cómo se vivieron los trágicos acontecimientos del 68 desde su óptica. Todo comienza con la propuesta de los mediadores que, por lo visto —y es lógico—, fue negociada con el rector Barros Sierra. El sábado 28 de septiembre el propio rector les llamó a Jorge de la Vega y a Andrés Caso y les informó que los había propuesto como representantes del gobierno en las conversaciones-negociaciones. Al interior, la lectura de la selección era clara: Caso, por estar en una posición cercana al director de Pemex y contar con el abolengo de don Alfonso Caso, el gran arqueólogo de larga trayectoria en la UNAM, antes Universidad Nacional de México, en donde obtuvo los grados de abogado (1919) y, maestro en Filosofía (1920). Alfonso Caso fue maestro, tanto en la Escuela Nacional de Altos Estudios, hoy Facultad de Filosofía y Letras, como en la Escuela Nacional de Jurisprudencia, hoy Facultad de Derecho, y en la Escuela Nacional de Antropología. La sangre del universitario estaba ahí. De la Vega reunía otras características porque, además de la cercanía con Alfonso Martínez Domínguez, presidente del PRI, contaba con trayectoria en el Politécnico Nacional, donde había sido director de la Escuela Superior de Economía de 1963 a 1965.

Díaz Ordaz se apoyó en el teórico Reyes Heroles y en el pragmático Martínez Domínguez, quizá buscando compensar excesos y carencias. No queda claro quién le hizo la propuesta a Barros Sierra. Sí fue explícito, en cambio, que el rector fue quien les habló y los invitó.

El propio rector informó a Marcelino Perelló y a Roberto Escudero de la designación. El domingo 29, a las 13 horas, "el dirigente estudiantil —se lee en una de las notas— informa que el Consejo Estudiantil está dispuesto a dialogar con los dos emisarios del Gobierno". Hasta allí todo bien, salvo que Escudero propuso que la reunión fuera "con todo el Consejo de Huelga (de 100 a 150 personas)" y que se realizara en Zacatenco el lunes a las 12 horas. "Los emisarios gubernamentales no aceptan esas condiciones por considerar que no son propicias para llegar a ningún arreglo". La expresión *emisarios* fue propuesta por Jorge de la Vega y Andrés Caso como un paso previo al papel de representantes que sólo se usaría al formalizarse el diálogo. No era lo mismo lidiar con el potencial rechazo a dos emisarios que cerrar las puertas a representantes del presidente.

La primera reunión informal se dio el 28 de septiembre a las 18 horas y todo indica que fue en la Casa del Lago. Los documentos de las carpetas tienen orígenes diferentes: los redactados en primera persona del plural por De la Vega y Caso a manera de informe o propuestas de cómo abordar los temas, notas de las impresiones de Reyes Heroles sobre la evolución de los asuntos, recortes de prensa y otros. "Asistiremos como emisarios [subrayado] del gobierno federal para determinar la conveniencia de iniciar pláticas formales sobre el problema estudiantil en general, sin tocar los seis puntos del pliego petitorio", se lee con fecha del 28 de septiembre. Uno de los objetivos era establecer confianza recíproca para las futuras reuniones.

Las pláticas formales implicarían que... "el movimiento estudiantil nombre auténticos representantes". Sólo en ese momento los representantes del gobierno se acreditarían como tales. Las pláticas serían sin publicidad "y, se considera absolutamente indispensable informar al público de lo ocurrido". Para ello se redactarían boletines conjuntos. Las tensiones existentes brotaron: los representantes del gobierno dialogarían con representantes del movimiento estudiantil pero no del Consejo de Huelga. A Marcelino Perelló y a Roberto Escudero se les consideraba de los duros. La presentación de los emisarios la haría Fernando Solana, secretario general de la UNAM.

Cuando Luis González de Alba recibió esta documentación me respondió:

> Es la primera noticia que tengo de reunión alguna de Caso y De la Vega antes del 2 de octubre por la mañana en casa de Barros Sierra. ...no entiendo cómo se iba a nombrar "auténticos representantes" ni la distinción entre "dialogar con representantes del movimiento estudiantil, pero no del Consejo Nacional de Huelga". No había otros representes ni posibilidad de elegirlos "más auténticos" dada la ocupación militar de C.U. y Poli. La de C.U. terminó el 30 de septiembre. ¿Se daría un golpe contra el Consejo Nacional de Huelga en ausencia de asambleas? Un llamado al caos y patadas por obtener el título de "auténticos".

Las líneas de Luis dejan ver la complejidad del momento. La construcción de un diálogo se daba en condiciones muy adversas para las dos partes. Sin embargo, el documento continúa.

Día con día, y con mucho detalle, se fue construyendo una agenda de diálogo. Por ejemplo, el primero de octubre, poco antes de la sangría en Tlatelolco, se acordaron al interior los que se denominaron Puntos Efectivos de Solución. Allí se lee:

> 1. Detener de inmediato a los provocadores, que presionan al Consejo de Huelga...

2. Negociar con el Partido Comunista su situación política futura...
3. Resolver algunos de los puntos importantes del pliego petitorio... podrían ser los siguientes:
a) Derogación o modificación sustancial de los artículos 145 y 145 bis del Código Penal [disolución social];
b) Libertad escalonada de la mayor parte de los detenidos a raíz del conflicto estudiantil;
c) Suspensión de la represión policiaca, tanto de las fuerzas armadas como de los agentes secretos;
d) Permitir reuniones públicas, mítines y aun manifestaciones... Existe la posibilidad de una tregua durante las Olimpiadas;
e) Reorganización de los Cuerpos Policíacos del Departamento del Distrito Federal.

Los puntos anteriores, en opinión del Lic. Fernando Solana, Secretario General de la Universidad, pueden ser la base de un arreglo con el Consejo de Huelga. Existe el peligro de que los grupos estudiantiles deriven hacia el terrorismo, por lo que en su opinión es importante obtener soluciones inmediatas.

Esto se discutía en la oficina de la Dirección de Pemex el primero de octubre de 1968. El diagnóstico de la situación y las fórmulas para abordar el problema del ala negociadora eran muy claros. Pero ¿cuál era la actitud de otras instancias? ¿Qué cruzaba por la mente de los otros miembros del gabinete de Díaz Ordaz?

48.

Mi madre, como toda mujer que se respete, odiaba que estando ella presente se alabara la belleza de otra mujer. Pero la situación era compleja porque mi padre estaba casado, pero no castrado. Era un observador agudo del otro sexo. Recordaba los hombros de Ava Gardner, los ojos de Liz Taylor, la figura de Grace Kelly, los pechos de Gina Lollobrigida, la mirada de Greta Garbo y demás. Pero era muy cuidadoso de no exagerar frente a Gloria, que lo reprendería de inmediato. Cuando más, nos enviaba a Jesús y a mí señales con los ojos cuando aparecía una mujer bella. Movía las cejas y abría los ojos de manera artificial.

En fin, un día en una acera de una gran ciudad, creo que París, tomando un café o un trago con mi madre sentada junto a él, de pronto puso la mirada fija en una hermosa mujer que se aproximaba. Mi madre reaccionó y él de inmediato empezó su discurso, lástima de los zapatos, no combinan con la bolsa. Mi madre asintió de inmediato, tienes toda la razón Chucho. Y además el traje sastre le queda chico, finchado, es cierto, respondió ella. Y así siguió con una larga lista de defectos mientras aquella belleza desfilaba frente a nosotros. Su fórmula era genial, mientras más criticara más podría mirar sin censura. Y las críticas podían ser infinitas. Vimos tal cantidad de mujeres mal vestidas, mal peinadas, mal combinadas, mal maquilladas, etc. que agradezco a la vida tanta fealdad.

49.

De seguro, buceando he visto nadar a un robalo. Pero no recuerdo nada significativo. La diferencia en el nado de los peces puede ser enorme, lenta y con impulso largo, nervioso y sin rumbo fijo, en fin, hay de todo. Pero mi padre, o debo decir Reyes Heroles, utilizaba mucho el término *robalear.* El significado, que no sé de dónde provenga, era muy claro. Cuando alguien no se define en política, cuando coquetea de un lado al otro, robalea. Quien eso hace es un potencial traidor, anda robaleando. Mi próxima misión es observar a un robalo nadar para comprender el origen —si lo tiene— de la expresión. De que el verbo robalear expresa algo muy concreto, no me cabe la menor duda. Mientras tanto, veo a muchos robaleando todos los días y me acuerdo de él.

50.

Reyes Heroles llamaba a sus colaboradores-amigos a platicar largo y hacerse una verdadera autocrítica, palabra de moda impuesta por Echeverría que, a decir de Reyes Heroles, era en él siempre la crítica de los otros. Todos le decían cosas duras, pero había cerca de él un personaje que no tenía concesiones de ninguna índole: don Ernesto Álvarez Nolasco. Periodista de origen, de tez muy morena, don Ernesto vivía en una casa muy sencilla de la colonia de Los Periodistas en el Distrito Federal. También venía de muy lejos y su vida era resultado de su trabajo y tenacidad. Colaboró en revistas como *Tiempo* y *Siempre!*, fue legislador, fue premio nacional de periodismo. Pero su gran ilusión era ser presidente municipal de su tierra natal, Villa de Ahome en Sinaloa. Quizá por eso don Ernesto le decía cosas muy rudas a Reyes Heroles. Él no quería trepar, quería regresar a su terruño. Cuando alguien decía Mochis de inmediato brincaba: Los Mochis, a poco es Ángeles, es Los Ángeles. La comparación, muy en serio, hacía reír a Reyes Heroles, quien lo respetaba por su sinceridad y franqueza. Álvarez Nolasco, contemporáneo de Reyes Heroles, le sobrevivió por más de dos décadas.

51.

Licenciado, le preguntó Beatriz con inocencia una noche en la terraza de Cuernavaca a deshoras, no le da miedo que tanto cigarro le haga daño. Mi padre guardó silencio, miró un whisky que tenía enfrente, su enorme puro y le contestó desde lo más profundo de su ser, el día que me quiten estos whiskys y mis cigarros mi vida estará trunca.

Fue consecuente. No se proponía vivir mucho sino vivir con intensidad y a plenitud. Lo logró. No hubo decadencia. Llegó a sus últimos días lúcido y sabiendo, sin angustias, que era su final y así lo había construido. No reclamó nada ni a nadie, pues se lo habían advertido con toda claridad. Pero quizá lo más importante, no se reclamó a sí mismo. Acaso siguió la consigna de Montaigne: "La premeditación de la muerte es la premeditación de la libertad". No recuerdo habérselo escuchado, pero era un gran admirador de Montaigne.

52.

A mi padre lo operaron de cataratas en los dos ojos. En aquellos tiempos la técnica era suplir el cristalino con un lente de contacto duro. Eso era genial en aquel entonces, principios de los ochenta. Pero había un problema: cuando el usuario se quitaba los lentes de contacto dejaba de ver lo suficiente para ¡ponerse los lentes de contacto! Un lío. Si a eso le agregamos la inhabilidad manual de mi padre, pues el escenario era bastante complejo. Estábamos en la sala y de pronto lanzaba, boté el lente, no se muevan pues lo pueden pisar. Pero si nadie se movía, cómo recuperábamos el lente. Alguien debía husmear en la alfombra hasta encontrarlo. Esa misión casi imposible me tocó muchas veces, lo mismo que ponerle el lente. En una ocasión en Madrid, ya después de que lo corrieran de Gobernación, asistió a un seminario. Recuerdo que estaba con él Rafael Segovia, entre otros, y de pronto, estando solo en su recámara del hotel, le ocurrió: ¡zas! y el lente al piso. Entonces le habló a Rafael y le pidió auxilio.

Nada más de imaginármelos a los dos a gatas buscando el tramposo objeto transparente me da risa.

53.

Una vez que se enteró de la gravedad de su padecimiento, días después del primero de marzo y de decirnos, me voy a morir, Reyes Heroles pidió cita con el presidente. Esto lo sé porque me lo contó el propio licenciado De la Madrid siendo ex presidente. Entró al despacho con su carpeta de acuerdos y se lo soltó: me voy a morir. El presidente se quedó, según me dijo, atónito, sin habla. Reyes Heroles le explicó.

Tengo cáncer de pulmón, me tienen que operar, las probabilidades son muy bajas. Le pido autorización para salir a Estados Unidos a que me operen. Pero licenciado, aquí lo pueden operar, le dijo De la Madrid. Lo sé, hay los mejores cirujanos, además soy ex subdirector y ex director del IMSS. Sé que me van a criticar, pero hay valores superiores. Al día siguiente de que entre al hospital del IMSS usted va a tener un problema. La operación es muy riesgosa y en caso de éxito, mi recuperación será parcial y muy lenta, de meses. De la otra forma nadie sabrá nada y, le insisto, creo que no voy a regresar, y si regreso vivo difícilmente podré seguir en la SEP, así que es conveniente que vaya pensando en mi relevo. Pero lo importante, señor presidente... y le cambió el tema. Se puso a hablar de la agenda pendiente, esto es muy delicado porque x, y lo otro también porque z. A la salida le preguntó a De la Madrid, con quién me coordino para informarle, con Emilio Gamboa, fue la respuesta. Así fue. El 19 de marzo por la mañana hablé con el secretario particular del presidente y le avisé de su deceso. Trató de que su muerte no interrumpiera los trabajos y lo logró. Pero lo criticaron, lo sabía.

54.

Los años que estuvo fuera de Gobernación y antes de entrar a la SEP, Reyes Heroles aprovechó para fomentar las relaciones que le interesaban, no aquellas que el trabajo le imponía. Una de ellas fue con Enrique Tierno Galván, el intelectual y político quien desde la cátedra y en sus escritos se había enfrentado al franquismo. De nuevo un personaje que mezclaba la acción y el pensamiento, o viceversa, como se quiera.

Tierno Galván había jugado un papel clave en la transición al crear en 1974 la Junta Democrática de España, donde agrupó al Partido Comunista, al Carlista y a muchas figuras públicas españolas. Peleó por la legalización de todos los partidos políticos, el derecho de huelga, la libertad de prensa, la neutralidad política de las Fuerzas Armadas y el reconocimiento de la personalidad jurídica de catalanes, vascos y gallegos. Sobra decir que también en su lista de reclamos estaba la separación de la Iglesia y el Estado. Tierno Galván estuvo en el origen del PSOE, del cual fue presidente de honor, mientras Felipe González era secretario general. Pero Tierno Galván se enfiló a la Alcaldía de Madrid por el PSOE, misma que ganó en 1979. La transición española estaba en marcha, la mexicana también. Fue en esa etapa que coincidieron.

Conversaban largo y Reyes Heroles admiraba lo entretenido que estaba Tierno, como le decía, con su nuevo trabajo que poco tenía que ver con la academia. Recuerdo que Tierno Galván le enviaba los bandos del ayuntamiento que él mismo redactaba y Reyes Heroles los desplegaba en su recámara gozoso de la actividad de su amigo el intelectual-político.

55.

Reyes Heroles se peleó a muerte con Echeverría, pero no con la guayabera. La consideraba una prenda de gran utilidad, fresca, elegante y sobre todo cómoda. Él que andaba con sus plumas de madera, sus cigarros y el encendedor requerido, sus múltiples anteojos, de verdad se hallaba pleno en una guayabera. El problema empezó cuando esa prenda fue identificada como uniforme de la gestión y ¡peor aún! cuando las combinaciones presidenciales eran guayabera y chamarra de cuero encima. Se acumulaban bolsas y la estética de la prenda tropical se iba al diablo.

Usó guayabera toda su vida. Por supuesto, la guayabera, para fortuna nuestra, trascendió al mandatario. Faltaba más.

56.

Reyes Heroles trató a Salvador Allende en varias ocasiones. La primera, según recuerdo, fue en Santiago de Chile, durante la visita del presidente Echeverría en abril del 1972. Se rumoraba que el presidente mexicano quería "allendizar" México. El desgaste del sistema político mexicano era terrible: el 68, el 71, la "Guerra Sucia" y la tensión con el movimiento estudiantil. Lo que recuerdo es que, después de los actos protocolarios, hubo una reunión en un pequeño salón o biblioteca. Allende sirvió whisky Chivas Regal y conversaron. No eran los únicos en el encuentro, que fue largo.

Reyes Heroles comentaba después de la visita y la reunión, no puede hacer todo lo que quiere hacer. Culto, carismático, apasionado, Allende se había montado en su propio mito. Pero abajo seguía la resistencia. Pocos meses después, Allende visitó México y pronunció aquel memorable discurso en la Universidad de Guadalajara donde, por cierto, afirmó que las universidades públicas debían estar abiertas a los hijos de obreros y campesinos. En México esto está dejando de ser una realidad. En fin, el caso es que vino el golpe y Reyes Heroles desde el PRI convocó a una reunión en contra del golpe y a favor de la restauración de la democracia. La respuesta fue inmediata y solidaria.

Después de los actos públicos, Reyes Heroles invitó a un grupo relativamente pequeño a Arenal 13 a cenar. Fue la primera vez que vi a García Márquez, en jeans y de botines. Yo era un joven que ya había leído *Cien años de soledad* y había quedado embrujado. Años después establecimos una relación con los Gabos que fue entrañable. Por supuesto, llegaron Carlos Fuentes y Silvia Lemus, Julio Cortázar y su pareja de ese momento Ugné Karvelis, una mujer de origen lituano, corpulenta y con intervenciones políticas muy firmes. Enumero a los personajes por la capacidad de convocatoria, en ese momento, de Allende y del PRI. México jugaba en aquel entonces la cómoda política de la doctrina Estrada, en pocas palabras, cada quién se definía como quería y todos respetamos la decisión de los otros. Amparado en ese principio, México pudo romper relaciones con España y Chile, pero no con otras dictaduras, como la cubana. La figura de los derechos humanos todavía no calaba en la sociedad, la panorámica era más ideológica. La Guerra Fría estaba viva.

El repudio a la dictadura de Pinochet era total. Echeverría había reaccionado en consecuencia desde las primeras horas y su embajador, Gonzalo Martínez Corbalá, había abierto la embajada mexicana para facilitar el exilio de perseguidos y opositores. Un papel muy digno.

Esa noche conocí a Julio Cortázar. Lo vería tres veces en mi vida. Generoso, nos dio un momento a los jóvenes que queríamos platicar con él. *Rayuela* circulaba en México y todos habíamos caído embobados con la obra. Le pregunté, ¿literatura de compromiso o cuál es el camino? Sin el menor resquicio de duda me respondió, siempre defenderé el derecho de escribir "literatura pura" que nada tenga que ver con la política.

El respaldo de México a Chile en conjunto fue crucial para el futuro de la democracia en América Latina. Reyes Heroles hizo su parte.

57.

Los viernes salía agotado de donde estuviera, PRI, IMSS, Gobernación, Educación y su gran ilusión era llegar a Cuernavaca a cenar en paz. Su debilidad era *Las Mañanitas*, el restaurante fundado por un norteamericano, el señor Robert Krause, que amablemente atendía a lo que hoy llamaríamos un cliente frecuente. En ese momento comenzaba el fin de semana de mi padre: cenar sin prisas, gozar el jardín del restaurante. Allí se pasaron muchas horas mis padres hablando de todo y de nada. La cita era inviolable: nos vemos en *Las Mañanitas*, y allí llegábamos todos.

En enero de 1985 Beatriz y yo fuimos a alcanzar a mi padre en su casa en Cuernavaca. Mi madre tenía gripe y se quedó en el Distrito Federal. Supusimos que el ritual sería el habitual, salir a cenar a *Las Mañanitas* y platicar largo. De pronto apareció mi padre y contra todas sus costumbres de gozo nos dijo, estoy cansado. Váyanse sin mí. Beatriz y yo nos miramos y no supusimos nada más, está cansado, tiene muchos motivos para estarlo.

Ya estaba enfermo. Nadie lo sabía.

58.

Casi nunca lo platicaba. No lo ocultaba, simplemente no le parecía algo extraordinario. De niño mi padre sufrió de algún tipo de reumatitis, eso explica en parte su afición precoz por los libros. En casa tenemos una fotografía en sepia en la que aparece un niño, mi padre, quizá de diez años, vestido con uno de esos extraños trajes con solapas de pico y un libro entre las manos. Es *de estudio* y quiere decir que estudiaron cómo presentarlo. Mi padre durante años no pudo jugar como cualquier otro niño a la pelota, correr, saltar, perseguir y ser perseguido, lo que los niños gozan. Así lo contaban los pocos familiares que le sobrevivieron: era retraído, jugaba con hojas de los árboles, algo que nadie entendía, y después leía.

Se curó, lo increíble fue la forma. Lo llevaban, creo que cada semana, a un sitio especial donde había una jaula de alambre tejido con densidad. Lo dejaban en calzoncillos y él entraba. En el extraño lugar había varios panales y él se sometía a las picaduras de las abejas. La inflamación en todo el cuerpo, el dolor y la comezón le duraba varios días. Pero esa era la fórmula y él la aceptaba. Tengo la impresión de que cuando finalmente se curó ya las correrías de niños no le atraían.

No lo contaba como una desgracia, sino como parte de su infancia y punto.

59.

En la madrugada del 2 de octubre, a la 1.30 a.m., dice la nota: "el licenciado Fernando Solana se comunicó con los licenciados De la Vega y Caso, con el objeto de informarles que una delegación del Consejo de Huelga había manifestado el deseo de entrevistarse con ellos ese día a las 9.30 horas", es decir ocho horas después. El encuentro llevaba una connotación adicional, pues algunos dirigentes estudiantiles habían objetado a De la Vega "por ser un funcionario del PRI", dice el documento. De la Vega se encontraba en el IEPES, que en ese momento era el tanque de pensamiento, diríamos hoy, y de formación de cuadros del PRI. En el encuentro por la mañana el rector presentaría a los licenciados De la Vega y Caso con los representantes del Consejo de Huelga. Se propuso que el encuentro fuera en el domicilio particular del rector "con el objeto de que ésta se realizara en las mejores condiciones posibles". El rector fue a la Universidad por los dirigentes estudiantiles, entre los que se encontraban Gilberto Guevara Niebla y Luis González de Alba. Era la antesala de la formalización de las negociaciones.

Busqué a Luis González de Alba y me confirmó los hechos. La mejor versión siempre será la de él; dice así:

> 7/04/2015 09:32 pm
> Querido Federico:
>
> Fui uno de los tres representantes del CNH, la mañana del 2 de octubre, para iniciar las negociaciones con Andrés Caso y Jorge de la Vega Domínguez. Los otros dos fueron Gilberto Guevara y Anselmo Muñoz (del Poli). Los vimos en casa del rector Barros Sierra porque ni ellos querían ir a la CU ni nosotros a una secretaría de Estado... Para un necio, necio y medio. Quedamos en vernos al día siguiente, 3 de octubre, en La Casa del Lago que, si bien es dependencia universitaria, no lo parece mucho. Los tres estábamos presos esa mañana en el Campo Militar Número Uno... Siempre he guardado la convicción, íntima y sin datos, de que ellos no sabían lo que se preparaba a unas horas, esa tarde. Tampoco lo sabía la Defensa, eso sí, lo he publicado en mis relatos del inicio de la balacera, pues ni siquiera me detuvieron, me quedé mirando cómo disparaban al azar sobre la gente, hasta que alguno se percató de que yo no traía guante blanco... Me confundieron...

Al respecto, encontré hace poco, entre mis cuadernos manuscritos con *Los días y los años*, unas hojas sueltas, escritas a lápiz y metidas en una bolsa de plástico: es mi primer relato, a unos meses de llegar a Lecumberri, del inicio de la balacera. Zedillo me contactó con la directora del Archivo General de la Nación, Dra. De Vega, y quedó de enviar alguien, o venir ella, a Guadalajara, a llevarse todos los manuscritos para el Archivo. Así, lo que escribí en Lecumberri, volverá a Lecumberri. Quedamos en que sería en marzo, pero ya se acabó.

También tengo el cuaderno pautado donde escribí, letra y nota, mis canciones que acompañaba con guitarra los domingos, ninguna de banderas rojas ni parecida al Himno al PRI de Yasabesquién, son algo bobas, pero bonitas. La primera, *Hiroshima*, la compuse en el piano del auditorio Justo Sierra (que así se llama) y este 8 de agosto se cumplen 70 años de la bomba. Un joven amigo, gran tenor y magnífico músico, les está haciendo el arreglo armónico y espero que se estrenen este mes de agosto aquí en Guadalajara.

Un abrazo

Luis

Un politécnico, dice en las notas —no se da su primer nombre sólo su apellido—, Muñoz (Anselmo), planteó tres condiciones previas al diálogo: la salida "inmediata de las tropas y fuerzas que están ocupando las escuelas del Politécnico, fundamentalmente las que se encuentran en el Casco de Santo Tomas; ...el cese de la represión, entendiendo por represión los actos de la fuerza pública y de las diferentes policías secretas, y ...la libertad de los jóvenes aprehendidos a partir de la intervención del Ejército en Ciudad Universitaria". La nota retrata un estira y afloja en el cual De la Vega rechazó que se condicionara al gobierno. Guevara Niebla expresó que esas condiciones planteadas por Muñoz no mostraban el sentir colectivo, Caso le dio un giro a la conversación al sugerir que se hablara de peticiones y no de condiciones para poder así iniciar pláticas de inmediato.

De la Vega y Caso insistieron en que los interlocutores fueran un grupo reducido, se aceptó que hubiera boletines conjuntos, que la prensa no estuviera presente para facilitar el diálogo, también que el rector fijara la sede y que, dada la ausencia de una representación formal de los emisarios, lo más conveniente sería que los hechos hablaran por sí mismos. Se sugirió comenzar con el retiro de las tropas del IPN como primer paso. El rector propuso la Casa del Lago para los encuentros. Fernando Solana sería el encargado de fijar los horarios, siendo la primera reunión el día 3 de octubre, al día siguiente. Ya sabemos dónde estarían Luis González de Alba, Gilberto Guevara Niebla y Anselmo Muñoz esa noche.

De la Vega y Caso se trasladaron al IPN para hablar con el director, pues parte de la negociación implicaba que los estudiantes devolvieran las instalaciones que tenían en su poder. Dando y dando, vamos. Según la nota, el director del Politécnico manifestó preocupación por el control que el Partido Comunista ejercía sobre los principales dirigentes del Consejo de Huelga que representaban a esa institución. También puso en duda "los verdaderos deseos [de los líderes estudiantiles] de llegar a un arreglo porque obedecen a intereses ajenos a los estudiantes", ese fue el argumento, según la nota. El territorio de la negociación estaba minado. Decidieron reunirse con los dirigentes estudiantiles ese mismo día, a las seis de la tarde, para acordar los pasos a seguir: el retiro de las tropas y la devolución de las instalaciones politécnicas. En esas estaban el dos de octubre.

Existe otra versión: todo fue un montaje, una simulación, una puesta en escena en la cual De la Vega jugaba al duro y Caso al negociador. En esta lectura se trató de un gran engaño e incluso se afirmó que Barros Sierra lo admitiría tiempo después. Resulta un poco difícil creer que el gobierno quisiera montar una mascarada que se haría pública involucrando al rector, al secretario general de la UNAM y a miembros prominentes de la comunidad estudiantil para auténticamente clavarles un cuchillo en la espalda. ¿Qué ganaba el gobierno cuando tenía las Olimpiadas a unos días? Engañar suponía perder el tiempo, y ese era un lujo que el gobierno no podía darse justo en ese momento. El mundo miraba a México.

Esto supondría, además, que Caso y De la Vega se prestarían a la puesta en escena a sabiendas de que eran unos títeres. Pero también, detrás están otras disyuntivas: Reyes Heroles no sabía que todo era un engaño, era de los ingenuos, o sea, Reyes Heroles también fue engañado. O, peor aún, Reyes Heroles engañaba. La versión no cuadra. Son muchos los engañados —y muy prominentes— que simplemente no se dieron cuenta de la intención perversa. Las notas muestran algo muy distinto, Reyes Heroles creía en la voluntad negociadora y que ésta era honesta, pero —un pero mayor— el gabinete estaba muy dividido, había quienes no querían una salida negociada. Eso es real, el propio Reyes Heroles fue víctima de ello.

60.

Reyes Heroles era un gran conversador. No sólo porque con frecuencia protagonizaba y encauzaba la conversación, la provocaba, sino porque entendía a la charla seria como una forma de razonamiento. Por eso fomentaba a ciertos grupos de los cuales aprendía. Le invertía tiempo a la conversación con personas que le decían cosas. Despreciaba lo insulso, muchas veces lo vi pararse de una mesa cuando la conversación no iba a ninguna parte.

Uno de esos grupos fue el Consejo Consultivo del Centro de Estudios de Historia de México Condumex, hoy Carso. Ricardo García Sainz había comprado una importante biblioteca privada especializada en historia de México, formada por don Luis Gutiérrez Cañedo, director de la empresa, y el señor Juan Luis Mutiozabal, que trabajaba en el área administrativa y que tenía a su cargo los comedores de la fábrica en Vallejo, fue el encargado de la custodia. Así iniciaron una biblioteca que fue comprando joyas bibliográficas, la gran pasión de Reyes Heroles. El grupo no era menor, allí coincidía con múltiples maestros y colegas: Ignacio Bernal, Antonio Carrillo Flores, Miguel León Portilla, Hugo B. Margáin, Antonio Martínez Báez, Julio

Gutiérrez Trujillo, Alfonso "El Chato" Noriega, Edmundo O'Gorman, Eduardo Prieto López, Agustín Yáñez, Silvio Zavala. Imaginemos las conversaciones. Un mar de conocimientos.

Las sesiones formales, según decía, eran breves y el único inconveniente es que tenía que trasladarse muy al norte de la ciudad, pero asistía con un gran gusto. Llegaba a casa a relatarnos sus discusiones apasionadas con O'Gorman, Carrillo Flores y los demás.

Estando en Gobernación frecuentaba a un grupo básicamente de periodistas y comentaristas políticos. Auténticamente les dedicaba la tarde. Eso, siendo secretario, mostraba sus prioridades. Daba lo que fuera por una buena sobremesa. Era un estímulo intelectual. Conversando reflexionaba, le surgían ideas, las matizaba y su acción política se nutría. Siempre parado con un pie en los dos mundos.

61.

Reyes Heroles reaccionaba con rapidez a la vitamina P. Recuerdo aquella mañana que salió invitado a conversar con el presidente electo Miguel de la Madrid. De que lo llamarían, estaba yo seguro, a qué, difícil predecirlo. Lo vi salir de la casa a la reunión perfectamente atildado, con una sonrisa en la boca y gozoso. Al rato nos vemos, me dijo. Según me comentó, el planteamiento fue el siguiente: Maestro, así le decía De la Madrid, mi gestión etc. etc., me gustaría que se incorporara. Reyes Heroles tenía sesenta años.

A su regreso nos encontramos. Me ofreció la cómoda, la intermedia y la dura. Conociéndolo le dije, aceptaste la dura, sí, respondió. Por curiosidad le pregunté cuál era la fácil: Nacional Financiera, cuyas oficinas estaban muy cerca de Arenal 13. El salario era bueno, Reyes Heroles sabía de finanzas públicas, había dado clases de la materia y además publicó múltiples ensayos. ¿La intermedia?, inquirí: Patrimonio Nacional. Habiendo sido director de Pemex, Patrimonio Nacional era una posición en el rumbo que él conocía. ¿Y la difícil?, proseguí sabiendo que era esa, Educación, me dijo.

A partir de ese momento su mente estaba puesta en Argentina 28. Se allegó de documentos y libros sobre el tema y así como en semanas ya hablaba del Renault 12, en días ya estaba hablando de índices de reprobación, de deserción y demás temas. Creo que el Renault era profesionalismo y necesidad. Los temas educativos los llevaba en la sangre. Su vida personal en los tres años precedentes había sido excelente, pero la vitamina P era más poderosa. Creo que no exagero si digo que estaba rebosante de energía. Le quedaban veintisiete meses de vida.

62.

Cuando éramos niños, siendo el director de Pemex, cada sábado había una gran fiesta en la casa. Mi padre disponía todo. Siempre era igual, lo cual no le restaba emoción. No había servicio a domicilio, así que había que preparar la maniobra con precisión. Lo primero, un pollo rostizado de *Los Guajolotes*, ese establecimiento legendario —que, por cierto, creo que era de un veracruzano—, sobre Insurgentes Sur, cerca de la Plaza México. Ya adolescente encontré las tostadas y las tortas. Y cuando publicaba los sábados en el *Unomásuno*, Beatriz y yo pasábamos a cenar los viernes después de hacer entrega en mano del material. Allí nos topamos con Manolo Fábregas, con Ofelia Guilmáin y muchos personajes del teatro que después de la función pasaban a comer algo. Pero para mí *Los Guajolotes* era símbolo y emblema de fiesta. También había un pay de nuez de Coronado.

La ceremonia comenzaba temprano, todos en un cuarto con el televisor al centro. El pollo debía estar caliente y venía acompañado de verduras en escabeche, que para mí picaban demasiado. Años después las encontré muy ricas. Seleccionaban alguna película y a comer, pero claro, la película llegaba demasiado tarde para el horario de unos niños y Jesús y yo nos quedábamos dormidos al pie de la cama después de haber mordisqueado una pata o un muslo con una rebanada de pay. De verdad, una gran fiesta hogareña.

63.

Mi padre nunca habló otro idioma de corrido. Se defendía en un restaurante de Estados Unidos, pero eso de las lenguas habladas no se le facilitaba. Había varios impedimentos. El primero fue que nadie en su casa hablaba otro idioma. Recordemos que su madre era hija de inmigrante y su padre, inmigrante de primera generación. Otro obstáculo debió haber sido —esto es una conjetura—, que su padre español ceceaba y, como sabemos, eso del inglés no se les da mucho. Difícilmente imagino un Quick Learning en Tuxpan en los años treinta del siglo XX y menos una segunda lengua en la escuela. Y, además, era costeño. Captar era cactar, cápsula era cácsula, septiembre sectiembre y él iba en las tardes a la oficina del CACSE, el CAPCE, y de allí para el real. Además, ¿para qué lo necesitaba?

Sin embargo, y sólo se explica con esfuerzo, Reyes Heroles leía francés, italiano, portugués. No era pose. De verdad tomaba libros en esos idiomas y los leía. Consciente de sus flancos débiles, desarrolló los que podía. Quizá por ello era bastante obsesivo con las traducciones. Las esperaba si venían del inglés y las escudriñaba cuando su origen era el francés o el italiano. ¿Cómo aprendió a leer esos idiomas? No lo sé, pero sin pronunciarlos en voz alta, traducía los párrafos con bastante precisión.

En uno de sus exilios políticos trató de aprender inglés. Un maestro joven iba a Arenal 13 a darle clases, pero vamos, que eso no se le daba y se acabó. Cuando llegó al gabinete de De la Madrid y aparecieron personajes como Salinas de Gortari, Pedro Aspe, y muchos formados en el extranjero, Reyes Heroles entendió que el handicap, la desventaja, era enorme y decidió quedarse con lo que sabía, su lectura en francés y en italiano que sus colegas no manejaban. De frustración pasó a ser orgullo. No era chovinismo sino biografía.

64.

El día que Echeverría le pidió su renuncia al PRI, el anuncio le llegó de improviso. Pero siempre mantuvo un coche suyo. Fuimos a la sede del PRI a sacar libros y documentos, a vaciar su oficina. Mi madre lo recibió diciéndole, bienvenido a casa. Cuando López Portillo lo corrió de Gobernación, la expresión de mi madre fue un poco distinta, otra renuncia le dijo, como motivo de orgullo. Mi padre agradecía el humor porque cada cambio suponía un reajuste en el presupuesto familiar, a la baja, y un reacomodo. La verdad, llevó bastante bien sus "renuncias".

65.

Dado que los sábados por la noche era la fiesta del pollo rostizado, la televisión se convirtió en factor central de ese día. Cuando apareció la televisión a color, mi padre compró una. El día que la fueron a entregar el único de la familia presente era yo, un perfecto ignorante de la televisión a color pero que sí había visto películas a color: los rostros color carne, los pastos verdes y el cielo azul con nubes blancas.

De pronto el técnico me preguntó, en qué color la quiere. La pregunta me sorprendió, yo pensaba que era multicolor. No recuerdo qué color escogí, pero nuestra tele fue azul o verde, o roja o lo que fuera durante meses, para decepción de todos. Después descubrimos que vivíamos en el error.

66.

La noche del 4 de febrero de 1979 estábamos en Acapulco. La "República" se reunía al día siguiente en el Centro de Convenciones y Reyes Heroles pronunciaría el discurso central. Por la noche me llamó y me leyó su discurso. Atrás estaban los episodios de Margarita y del Papa, el moquetazo y Guelatao. Reyes Heroles llegó a la frase incendiaria, quien gobierna para todos no gobierna para nadie. Es tu renuncia le dije, sí, me respondió con toda seguridad.

La expresión parecía inofensiva, salvo que el lema de campaña de López Portillo había sido "La solución somos todos". Tres meses después lo corrieron de Gobernación. Así era, chambista no. De allí la expresión, "otra renuncia".

67.

Entre mi padre y yo no todo fue miel sobre hojuelas. Cuando me dejé crecer el pelo y descuidé rasurarme a diario, su reacción fue pésima. Durante meses estuvimos peleados, yo con la greña creciendo y él con su necedad de que era impropio. El distanciamiento dolía en las dos partes.

Un día un compañero me dijo, tú quieres ser amigo de tu padre, díselo. Le escribí una nota breve, quiero ser tu amigo. Nos empezamos a hablar, la relación se restableció y fuimos muy amigos. Me volví a rasurar por convicción, pero en la greña no cedí.

68.

Hubo personas que lo acompañaron durante largo tiempo en su vida política. Uno de ellos fue el ahora coronel Alfredo Valdez, de Sonora. El militar recibió la encomienda de coordinar los movimientos de Reyes Heroles y vigilar su seguridad. La verdad, lo segundo era asunto menor hasta que llegó a Gobernación. La Liga Comunista 23 de Septiembre estaba muy activa. Recuerdo llegar a la Facultad de Ciencias Políticas y Sociales y encontrarme *Madera*, la publicación de ese grupo, sobre mi pupitre.

Valdez, originario de un estado árido y pobre en aquel entonces, ponía en orden a Reyes Heroles. Necesitamos salir a las 9.30 para despegar a las 10.30 y llegar a las x. No había margen. Con firmeza militar lo traía marcando el paso. Reyes Heroles se sometía, no sin antes alegar. Pero el mayor de aquel entonces se imponía. Su relación era siempre tensa, pero cada quien asumió su papel. Uno de perseguidor, el otro de perseguido, voluntario. Cauto y discreto, Alfredo Valdez vio mucho en los largos años que acompañó al político.

El sonorense, que hacía ejercicio todas las mañanas, le preguntó un día a un chofer de Buenos Aires con tono de autoridad, señor

Crespo y esto que está aquí a la derecha qué es. El hombre respondió en porteño, El Río de la Plaaata, mi mayor. Valdez muy serio miró sobre aquel espacio caudaloso e infinito y lo inquirió, señor Crespo nosotros llamamos río al caudal de agua dulce. "Nosotros tambieeén", respondió el viejo. Valdez volvió a mirar aquel mar plateado y soltó, carajo, ni el Usumacinta y el Grijalva juntos.

Cenábamos un bife y Valdez lanzó, nosotros comemos todo envuelto, tacos, tortas, enchiladas, y aquí comen puro centro. El sonorense enfrentado a la riqueza desaprovechada de Argentina reaccionó con sentido común.

A los pocos minutos de la muerte de Reyes Heroles, Alfredo Valdez ya estaba guardando silencio frente a él, con los ojos llorosos.

69.

El gran conflicto de Reyes Heroles con la religión era que no tenía conflicto. Como todo liberal que se respete, era cuidadoso de las expresiones religiosas y le interesaban. En todo caso, tenía conflicto con la Iglesia Católica de México, eso sí. Pero contra lo que muchos piensan, Reyes Heroles conocía las diferencias doctrinales y las estudiaba. El tema le apasionaba, de Santo Tomas a sus contemporáneos. Un dato: en el librero de su recámara —que ya es una selección de lo preferido— había un anaquel con libros de Jacques Maritain, un estudioso neotomista que imprimió un giro al pensamiento religioso de Occidente. También estaban allí Martín Buber, Emmanuel Levinas y otros.

Pero no dejaba su carácter crítico. Un día hablando de un confuso funcionario dijo, a éste lo vaina le viene de Lovaina, refiriéndose a la universidad católica de Bélgica.

70.

Llegó de Puebla, había ido de gira. Estaba verdaderamente alarmado. No puede ser, en cualquier momento se incendia. Pensé en algún escenario político, pero no. Había ido a visitar uno de sus lugares sagrados, la Biblioteca Palafoxiana en Puebla. Hay cables por todas partes, todo está en pésimas condiciones, se puede incendiar en cualquier momento. Al día siguiente comenzaron las llamadas, prioridad número uno: la Palafoxiana. Logró influir en su rescate. Su amor por los libros no tenía límite. A qué fue a Puebla, no lo recuerdo, ni importa. A Juan de Palafox y Mendoza lo admiraba por su inteligencia y su capacidad para acumular poder, de nuevo. El poderoso obispo mezclaba los dos mundos que apasionaban a Reyes Heroles.

Algo similar le ocurrió en Zacatecas, un estado que le encantaba desde antes de la magnífica restauración y recuperación del centro. Regresó del Convento de Guadalupe en Zacatecas espantado, aquello se caía a pedazos, y de nuevo los telefonazos. Creo que organizaba sus giras, en donde estuviera su puesto, con ánimo de inspector.

Estoy seguro de que fue Gloria la que le transmitió ese amor por lo antiguo y el cuidado y respeto de los bienes inmuebles, pasión que nunca los dejó.

71.

Quiero estudiar Letras, le dije. Me respondió de inmediato: y de qué vas a vivir. Fue un diálogo largo de varios días. Terminé haciéndome un "estudio vocacional" de esos muy serios. Fui a un consultorio en la calle de Baja California y me hicieron cualquier cantidad de pruebas. El Rorschach de imágenes en espejo y también múltiples cuestionarios. Fueron varias sesiones. Yo quedé de avisarle a mi padre de los resultados. Regresé con la doctora semanas después de los estudios. Ya sentado frente de ella me dijo con toda seguridad: me da gusto tener casos como el suyo, su vocación es clarísima. ¿Usted, tú quizás? Debes estudiar ¡TEOLOGÍA!

Salí del consultorio totalmente desconcertado. Llegar a decirle al liberal de Reyes Heroles que su hijo iba a estudiar Teología era peor —eso pensé— que cualquier otra blasfemia. Me imaginé a mí mismo caminando hacia la prédica y su explicación. Un par de semanas lo pensé con seriedad, yo no cuadraba en ese ámbito. Bueno, dijo la doctora, la segunda opción también es muy clara: ¡MEDICINA! Batas blancas en mi destino, yo que quería estudiar Letras. Me imaginé de nuevo mi futuro caminando por los pasillos de los hospitales, revisando expedientes y dando diagnósticos mortales. No, pensé, tiene que haber otra alternativa. Dado su gusto por la abstracción y su vocación social, podría ser Sociología. Respiré profundo. No sabía ni qué demonios implicaba esa carrera.

Regresé con mi padre y se lo solté: Sociología. Está muy bien, es una buena disciplina, pero el Derecho es superior. Ni hablar, había librado la batalla, ni Teología ni Medicina, que me causaron sorpresa y espanto, más la teología que la medicina. Así llegué a las ciencias sociales. ¿Fue mi padre un condicionante de mi opción al decirme, y de qué vas a vivir? No. Más bien creo que tenía la obligación de ser realista con su hijo. ¿Y de qué vas a vivir? No fue condición, fue un baño de realismo.

No sé qué hubiera deseado estudiar él, pero era claro que se tenía que ganar sus centavos. Nunca vivió de hacer historia, por más sólidas y trascendentes que fueran sus obras. Tampoco vivió de su afición, pasión, debilidad, manía por los libros. Vivió de su trabajo como servidor público y en paralelo construyó sus universos de gozo.

72.

Díaz Ordaz caló en varias ocasiones si Reyes Heroles pretendía jugar a la grande, la candidatura presidencial. El presidente, hasta donde sé, fue quien esparció esa posibilidad. El cale fue de tracto sucesivo. Qué piensa usted del artículo 82 constitucional, le preguntó el presidente refiriéndose al impedimento de que hijos de extranjeros fueran candidatos a la presidencia. Reyes Heroles tenía una convicción muy clara: es correcta, podríamos llegar a tener un Smith en la presidencia. Tal posibilidad a mediados de los años sesenta era subversión pura. Pero Díaz Ordaz no pretendía modificar el 82, estaba claro de las resistencias. Entonces, ¿qué quería?

73.

Uno de los momentos más duros de la carrera de Reyes Heroles fue resultado del secuestro y homicidio de Hugo Margáin Charles, el hijo de su amigo don Hugo B. Margáin Gleason, en ese momento embajador de México en Washington. En 1978, cuando se dio el secuestro, don Hugo había tenido discrepancias serias con Echeverría estando él en Hacienda. "La deuda externa y la deuda interna tienen un límite. Y ya llegamos al límite", lanzó antes de salir de Hacienda en mayo de 1973. Yo trabajaba en Rectoría de la UNAM y Hugo subía con frecuencia al quinto piso. Era director del Instituto de Investigaciones Filosóficas y era brillante. Nos encontrábamos con cierta frecuencia, no fui su amigo, lo conocí. Caminaba de la Torre de Humanidades I a Rectoría. Las tensiones políticas ardían. En mi pupitre de la Facultad de Ciencias Políticas, como lo dije, me encontraba *Madera* con frecuencia, la publicación de la Liga Comunista 23 de Septiembre que rondaba en Ciudad Universitaria.

Un día me topé con Hugo en el quinto piso de Rectoría. Éramos cordiales en buena medida porque sabíamos de la amistad de nuestros padres. Oye, parece que el asunto de la seguridad está terrible. Yo escuchaba al secretario de Gobernación recibir los informes de enfrentamientos de todo tipo. Aquí estoy seguro, me dijo con plena confianza, refiriéndose a Ciudad Universitaria. Hugo fue secuestrado un martes a finales de agosto del 78.

Poco después, una noche entró el mayor Alfredo Valdez a la sala con un sobre. Se lo dio a Reyes Heroles. Lo abrió frente a mí. Eran fotografías, vio la primera, quizá la segunda y de inmediato las regresó al sobre. Una profunda aflicción cayó sobre él. El hijo de su amigo había sido encontrado muerto y su cadáver identificado. Eran sus fotografías. Tengo que ir yo. Hugo, le dijo por teléfono, ¿puedo pasar a verte? Y allá fue a su casa, también al sur de la ciudad. El primero de septiembre se anunciaba su muerte a manos de la "Liga". Un disparo en la femoral fue letal. Con él estaba el filósofo inglés Gareth Evans, quien, por fortuna, libró la vida. El secuestro ocurrió en Ciudad Universitaria.

Al regresar venía desconsolado. Lo peor que me ha tocado en la vida fue decirle a un amigo que su hijo está muerto. Ahora lo comprendo, pues ya viví el indescriptible trance.

Días después me llamó Miguel Nazar Haro, el famoso titular de la Dirección Federal de Seguridad. Me invitó a comer a *La Pérgola*, si no mal recuerdo. Yo me había negado a tener protección. ¡Imagine el lector a un estudiante de ciencias políticas con protección de la Dirección Federal de Seguridad! Nazar fue muy claro: si les atrajo el hijo del embajador, tú estuviste en la mira. Sin concesiones me lo dijo, no son juegos, es tu vida. Puse condiciones, discreción, que fueran jóvenes para que se diluyeran en la comunidad, nada de prepotencia. Algunos profesores, entre ellos Octavio Rodríguez Araujo, se percataron. Fui a hablar con ellos, a explicarles. Octavio, con quien después cultivaría una amistad, entendió la situación.

Por cierto, yo le debo un monumento a la computadora de la UNAM, pues dado mi impertinente pero correcto apellido dos veces doble, el aparato decidió ponerme en la lista de clase como Reyes H. Glez. Garza. Federico J. número de cuenta 7575771-5. Por eso todo mundo me llamaba "El Güero" y ese "Güero" circuló por la vida con bastante tranquilidad. Valga la anécdota: ¡me robaron mi coche en el estacionamiento de C.U. con la vigilancia impuesta! Ellos estaban dormidos en un vehículo atrás. O sea que enseñaban dientes postizos.

Durante los años que tuve "protección" me sentí atrapado, muchas veces se lo comenté a mi padre, pero la respuesta era automática: qué te dijo Nazar, hay peligro real. Encontré una salida a mi necesidad de moverme con libertad. Me compré una motocicleta, una Honda 450 c.c. usada, guinda y preciosa. Así que llegaba por las noches, les decía buenas noches a los cuidadores y un rato después me salía con mi moto a la carretera a Cuernavaca o a Coyoacán o a donde fuera. Pasaba por Beatriz en las noches y paseábamos en busca de un sentido de libertad acotado durante el día. En varios años sólo tuve un pequeño susto en la moto, un día lluvioso, al frenar sobre una vía, se patinó sobre el metal. Hasta allí llegó el susto. Ya que Reyes Heroles había salido del poder una vez más y nuestra vida había regresado a la normalidad, miré mi Honda y pensé, has sido muy afortunado, horas en la carretera con el viento acariciándote, mañanas soleadas de sábado jugueteando por aquí y por allá. Pero es peligrosa, véndela. Y la vendí. Gobernación, entre otros, para mí fue una moto.

74.

¿Qué tanto se involucró Reyes Heroles en este intento por buscar una salida negociada al conflicto del 68? Por supuesto que la memoria me arroja muchas conversaciones de un hecho que también para él fue traumático: el 2 de octubre. La constante era un área de oscuridad en Bucareli. Pero la memoria es traicionera y la subjetividad es mucha. Encuentros y llamadas con Caso y De la Vega, intervención en las propuestas, contactos con el rector, su ex colaborador en el Instituto Mexicano del Petróleo, todo eso es posible. Caso no actuaba sin consultar a Reyes Heroles y lo mismo De la Vega con Martínez Domínguez. Recordemos que esos vínculos explicaban las designaciones. ¿Cómo saberlo? Lo que no es subjetivo es la cantidad de notas, apuntes y señalamientos de su archivo. Estamos hablando de cientos de documentos, de nuevo de distinta índole, previos y posteriores al 2 de octubre y que comienzan a partir del día 3. Se lee en una nota fechada ese día, es decir, horas después de la matanza:

> Puntos que los señores Marcelino Perelló y Florencio Sánchez Cámara del Consejo de Huelga convinieron en principio sostener,

> previa plática con el rector de la UNAM, en una conferencia de prensa que podría tener lugar hoy en la tarde en C.U.:
>
> 2.- Se denuncie la participación de agentes provocadores nacionales y extranjeros de extrema derecha infiltrados en el movimiento estudiantil y que han originado los trágicos acontecimientos del día de ayer...
> 5.- ...Se demanda al Gobierno que la fuerza pública no se deje incitar por esos agentes provocadores, sino que guarde la serenidad necesaria.

Incluso, según el documento, el problema era que algunos de los provocadores andaban libres, lo cual dificultaba al Consejo de Huelga conducir la negociación: "Los emisarios del gobierno y el Rector opinan que es conveniente que Perelló maneje el movimiento e incluso se le ayude a ello. Florencio Sánchez Cámara es el enlace del Partido Comunista con el Consejo de Huelga."

El documento afirma que ambos líderes durmieron en casa de licenciado Andrés Caso la noche del 2 de octubre: "de conformidad con el Rector y en la mañana le fueron entregados a él".

El licenciado De la Vega tiene otra versión. Estuvieron hasta altas horas de la noche en el domicilio de Caso. Allí les avisaron de lo que ocurría en la Plaza de las Tres Culturas.

Decidieron que lo mejor era no moverse, no exponer a los líderes. Y después, él, personalmente, manejando su automóvil, los anduvo llevando de un sitio a otro en la ciudad, hasta que descendieron para encontrarse con alguien. El miedo de Reyes Heroles, de Caso y De la Vega, era que alguien detuviera a los líderes, lo cual causaría la ruptura de cualquier negociación.

En la reunión del viernes 4, con alrededor de quince personas, también en el domicilio de Andrés Caso, se plantearon los temas que debían ser abordados en la conferencia de prensa del día 5. Ahí se lee:

> 1. Se hará una relación de los acontecimientos que ocurrieron en Santiago Tlatelolco, haciendo hincapié en la participación de agentes provocadores, ajenos al Consejo Nacional de Huelga, perfectamente organizados... estiman que los trágicos acontecimientos de Tlatelolco obedecieron fundamentalmente a un plan perfectamente coordinado para desprestigiar al movimiento y deteriorar... el nombre del gobierno.
> 5.- Manifestarán que su movimiento, debido al respaldo popular que ha recibido de grupos importantes de obreros y campesinos, ha dejado de ser meramente estudiantil para convertirse en político, con fines permanentes, buscando participar en forma activa en la vida política del país.

Luis González de Alba también tiene observaciones sobre la redacción de las notas y apunta hacia una de las dudas centrales. ¿Qué ocurrió aquella tarde? Sobre el:

> "Plan perfectamente coordinado" de los hechos del 2 de octubre me he cansado de rebatirlo (El cronista sin crónica, NEXOS, "Perdóname, soldado perdóname, MILENIO, entre los que recuerdo rápido) ...Lo que vi y viví a centímetros de distancia fue el terror en que cayeron los hombres de civil y guante blanco que, TRAS INICIAR LOS DISPAROS SOBRE LA PLAZA y sorprenderse por la respuesta del Ejército (que a mí, tumbado con ellos, en el suelo del tercer piso del "Chihuahua", me parecía lo natural) debieron descubrir su nombre al:
> 1) No llevar un teléfono militar de campaña,
> 2) Percatarse de que el Ejército les respondía el fuego era porque no estaba enterado de quiénes eran,
> 3) Tratar de hacerse oír entre la balacera con simples gritos: ¡Batallón Olimpia, no disparen!

El testimonio de Luis González de Alba, reiterado muchas veces en sus libros y ensayos, obliga a la reflexión. ¿Qué ocurrió esa tarde?

De nuevo se vuelve a hablar de provocadores. Para los testigos de ese momento histórico, es claro que los había de todos los bandos. Estas líneas no son una historia del 68, suceso del cual se ha escrito mucho y por personas muy conocedoras. En todo caso, interesan al texto en tanto que Reyes Heroles llegaría a Gobernación ocho años después, marcado por el suceso. La claridad en el proyecto del 77 de incorporar de inmediato al marco legal a las fuerzas políticas marginadas hasta entonces, en particular al Partido Comunista, se remonta al 68.

Hay una nota en particular de un encuentro realizado el 14 de octubre en la oficina universitaria de Fernando Solana que confirma que esa idea rondaba no sólo en la mente de los representantes gubernamentales coordinada por Reyes Heroles y Martínez Domínguez, sino también en algunos miembros visionarios de la oposición al régimen. Eso quedó registrado en la nota sobre la reunión con el secretario general de la UNAM, allí se asienta:

> En esta entrevista Martínez Verdugo manifestó la intención del Partido Comunista de influir para que los miembros importantes del Consejo de Huelga, que a su vez militan en el Partido Comunista, aceptaran una solución negociada. Que el Partido Comunista tiene dos caminos por delante: el institucional, actuar dentro del juego de partidos, que es el que

indudablemente prefieren los miembros de su comité directivo, o actuar al margen de la ley, situación que consideran no conveniente y es peligrosa.

Las intenciones expresas de los dos lados son clarísimas.

Es 1968, la tragedia de Tlatelolco sacudió al país y llevó a la reflexión. Qué sordera o miopía se apoderó de México que, en lugar de que el gobierno abriera los cauces legales en la gestión de 1970 a 1976, ésta desembocara en más represión y el ridículo de una elección ganada por José López Portillo con el 100% de los votos. Difícil explicarlo, o no.

Quizá todo es más sencillo. Había dos visiones de los rumbos del país. Una creía en la necesidad de abrir los cauces democráticos. La otra pretendía continuar con el autoritarismo hasta donde fuera posible. Ahí sí hubo engaño, hablar de una apertura —y no hacerla en los hechos—, que condujera a una auténtica democratización. Los documentos siguen: detenciones arbitrarias de posibles negociadores como Gilberto Guevara Niebla, las reuniones de De la Vega y Caso con los líderes continúan, pero hay una pared invisible, una resistencia férrea a cambiar de rumbo y acudir al poder de la palabra. Hay durezas de los dos lados y Reyes Heroles lo asienta en sus notas de noviembre 11: "2.- Es evidente que un grupo importante de dirigentes en el Consejo de

Huelga, Maoístas, Espartacos, Troskistas, etc, no desea el arreglo negociado…".

Las negociaciones por momentos se rompen, en otros avanzan, con la liberación de personajes detenidos. El director de Pemex, con la evidente anuencia presidencial, pugna en la medida de sus posibilidades armado de escuderos que mucho vieron, De la Vega y Caso.

Se puede argumentar que el ala negociadora perdió. Para ellos Tlatelolco fue un fracaso político. En ese momento era imposible reflejar los efectos de la negociación que se había iniciado horas antes. Pero quizá hubo quienes pensaron que Tlatelolco fue una victoria. ¿Por qué no suponerlo? La única hipótesis útil para valorar al ala negociadora es contrafactual: ¿qué hubiera ocurrido sin el ala negociadora? La vía contrafactual lo único que logra es estimular la imaginación, eso ya es bastante. Cómo hubieran sido los meses posteriores al 2 de octubre sin un grupo que apoyaba otra estrategia. ¿Hasta dónde el trauma de Tlatelolco fue la motivación remota de los encuentros políticos de Reyes Heroles como director del IMSS en 1976 cuando comenzó a construir, desde los cimientos, la confianza y los acuerdos no formales que permitieron la, en algún sentido, sorpresiva, convocatoria a la apertura política anunciada por él en Chilpancingo en su discurso del primero de abril de 1977?

75.

Mi padre era muy quisquilloso para eso de compartir comida o bebida. Ya está muy "bigoteada", decía de las bebidas que habían pasado por varias bocas. De los platos ni hablar, eso de probar y dejar probar del propio era para él asqueroso. Pero Beatriz metió ruido. Con toda tranquilidad le dijo un día, antes de empezar a comer, ¿no quiere usted probar? Mi padre entró en un dilema. Tenía antojo, podría meter su tenedor en el plato de Beatriz antes de que ella lo infectara. Y así lo hizo.

El segundo paso fue cuando por primera vez ofreció que alguien probara de su plato, con el tenedor limpio, vamos, sin usar. Lentamente fue accediendo, pero siempre decía, no se lo acaben. Finalmente cayó en la costumbre, ofrecía a todos y de todos probaba. Era otro. De dónde le habrá venido esa asepsia radical, difícil saberlo, pero lo superó y gozó muchos platos que de otra forma no hubiera conocido. Quizá lo más importante, se declaró un comedor gozoso y sin prejuicios ridículos.

76.

Mi madre halagaba a mi padre diciéndole que se parecía a Vittorio Gassman, el famoso actor italiano, galán de galanes. Él se dejaba coquetear frotando los aladares plateados que se instalaron en él desde que llegó a Pemex. Un fin de año, a finales de los setenta, estábamos mis padres, Beatriz y yo en Miami y le propuse a mi padre rentar un coche para recorrer la zona. Adelante, me dijo. Fui a la agencia pensando en un conservador sedán a la altura de la edad de mis progenitores y del personaje serio y afamado que era Reyes Heroles. Pero hubo un problema, sólo había un Pontiac Firebird rojo con plumaje blanco en las puertas, de esos que seguramente rinden "dos litros por kilómetro". Acepté. No les dije, y de pronto me aparecí en la entrada del hotel en el retador coche de no sé cuántos caballos de fuerza, en espera de subir las revoluciones por minuto. Mi padre dijo, de ninguna manera, pero no había opción. Mi madre y Beatriz se fueron al incomodísimo asiento trasero. Beatriz llevaba las rodillas en las orejas y mi madre no iba mejor. Arrancamos, él con su cigarro en la mano y con la ventanilla abierta causando todo tipo de estropicios en las pasajeras. Yo exageré la brusquedad para imprimir un tono más deportivo a la jornada y nos fuimos en el bólido a sesenta millas por hora. Para mí aburrido, muy aburrido, teniendo a la briosa bestia con ganas de soltarle la rienda de mi pie derecho.

El aire le movía el cabello lacio que el político jamás hubiera permitido salir de su control. Fue el único día en que me pareció que con sus narices grandes y sus ojos oscuros se parecía a Vittorio Gassmann, por supuesto, en versión superada.

77.

Por qué Díaz Ordaz soltaba el globo de Reyes Heroles para la Presidencia y, en privado, lo calaba al respecto, nunca lo sabremos de cierto. Quería ampliar su baraja, no estaba conforme con las opciones obvias. El asunto siguió creciendo y con ello las reacciones de ataques al director de Pemex.

78.

Como se desprende de sus notas, los terribles meses previos al 2 de octubre de 1968 Reyes Heroles recibió la encomienda de Díaz Ordaz de buscar vías de diálogo con el movimiento estudiantil. Recapitulemos. Para todo fin práctico, Reyes Heroles y Alfonso Martínez Domínguez fungían como asesores de equilibrio frente a Echeverría: uno el teórico y jurista, el otro el pragmático y sagaz. Ya hablaremos al respecto. Así se integró la dupla de Andrés Caso Lombardo, gerente de personal de Pemex en ese momento, y de Jorge de la Vega Domínguez, cercano a Martínez Domínguez, presidente del PRI. El primer reto era ser aceptados como emisarios y, según relata De la Vega, para él no fue un camino fácil. El abolengo de Caso le facilitó el camino al interior de la UNAM.

Reyes Heroles había creado el Instituto Mexicano del Petróleo y la dirección se la encomendó a Javier Barros Sierra, de gran prestigio. De allí pasó a la Rectoría de la UNAM. No eran amigos, pero había una relación cordial. Reyes Heroles era un universitario e incluso había recibido propuestas previas para integrarse a la administración universitaria. "Es obvio que la autonomía ha sido violada… los problemas de los jóvenes sólo pueden resolverse por vía de la educación, jamás por la fuerza, la violencia o la corrupción". Barros Sierra presentó su renuncia el 23 de septiembre, cinco días después de la toma de Ciudad Universitaria por el Ejército. Su renuncia causó una conmoción.

Luis González de Alba relata cómo una mayoría de los estudiantes organizados rechazaron esa alternativa, la renuncia, e incluso representantes del Consejo Nacional de Huelga fueron a buscarlo a sus oficinas provisionales en la Casa del Lago. La Junta de Gobierno también le solicitó que retirara su renuncia. Barros Sierra no cambió de opinión.

Fue entonces que apareció un personaje central, Enrique Ramírez y Ramírez, con un digno pasado de izquierda, quien había sido acusado de "subversivo" por difundir una revista, *Socorro Rojo* y había sido encarcelado. Octavio Paz Solórzano fue el abogado que lo ayudó a ser liberado. Ramírez y Ramírez fue miembro del Partido Popular Socialista y propugnó por una alianza con el Partido Comunista enfrentándose a Lombardo Toledano. Es decir, era un hombre de lucha. Después fue diputado por el PRI, fundó el periódico *El Día*, el cual dirigiría con una posición crítica de centro izquierda.

Al enterarse de la renuncia de Barros Sierra, el periodista utilizó todas las herramientas a su alcance y se provocó una reunión en casa de Jorge de la Vega Domínguez a la que asistieron Reyes Heroles, Barros Sierra, Caso

Lombardo y Ramírez y Ramírez. Ya por la noche y después de haber cuestionado, entre todos, a Barros Sierra sobre su renuncia, De la Vega comunicó al rector con el presidente a un teléfono particular que Díaz Ordaz respondía personalmente. Según relata De la Vega, Barros Sierra platicó con Díaz Ordaz en un pasillo donde se encontraba el aparato. La conversación fue larga. El 27 de septiembre Barros Sierra regresó a la Universidad, se le requería de afuera y de adentro. El gobierno estaba dividido: unos querían negociar, otros ya estaban encarrilados por la vía dura. Cinco días después vino la matanza de Tlatelolco.

79.

Mi padre era un hombre muy pulcro. Recuerdo de niño cómo preparaba la espuma en un recipiente de madera con un cepillo como de brocha y después se afeitaba por largos minutos con ese peligroso aparato que era el rastrillo. Sus uñas siempre estaban recortadas y limpias, trataba de mantener su pelo lacio en orden, no siempre lo conseguía.

No sé cuáles hayan sido las condiciones de sanidad en las que creció, tampoco en las que estudió en Tampico y en San Luis Potosí o en su habitación en el centro de la Ciudad de México. No creo que hayan sido óptimas. Algo debe haber en su origen que lo llevó a ese nivel de exigencia. En alguna etapa de su vida debe haberla pasado muy mal en lo que a higiene se refiere. Era muy perceptivo de los malos olores y los ratones le provocaban basca.

Pero eso lo llevó a apreciar aspectos de la vida que otros dan por sentado, por ejemplo, a rendir tributo al WC, *Water Closet*, que consideraba una verdadera aportación de Occidente a la civilización. Imaginemos el mundo sin esa invención. Tenía razón, tan elemental y tan necesario. ¡Que viva el WC!

80.

El primero de abril de 1977 Reyes Heroles anunciaba la decisión gubernamental de ir a una reforma que abriera espacios políticos. Recordemos que López Portillo fue de hecho candidato único aunque postulado por tres partidos: el PRI, el Partido Popular Socialista y el Auténtico de la Revolución Mexicana. Los "auténticos" iban con el usurpador, el PRI. Los socialistas no apoyaron al candidato de la izquierda, Valentín Campa, un viejo luchador que había pasado por todo, incluida la proscripción del Partido Comunista Mexicano, la cárcel y el sindicalismo radical. Campa fue lanzado sin registro y obtuvo alrededor de un millón de votos, en una elección ganada por López Portillo con el 100%. ¿Cómo se llegó a esa ridícula cifra? El PAN, el retador más firme al PRI y de larga tradición opositora, no postuló candidato. Las divisiones hicieron su perniciosa labor. Los votos para Campa, alrededor de un millón, fueron anulados. Pero nadie sabe para quién trabaja.

¿Fue eso lo que precipitó la Reforma Política de 1977? El absurdo, el ridículo, obligaron al cambio. Las dos eran fuerzas muy poderosas. Nadie retaba en la realidad al poder del

PRI, pero la tragicomedia democrática llegaba a sus límites. ¿Por qué fue en Chilpancingo aquel famoso discurso que daba rostro a lo que Reyes Heroles había venido cocinando desde hacía meses? Quizá la explicación radica en el hecho de que Guerrero había sido el escenario más relevante de la "Guerra Sucia" en contra de los grupos de campesinos armados encabezados por líderes fuertes como Genaro Vázquez y Lucio Cabañas. Anunció la apertura en el centro del huracán.

Recordemos que la Reforma Política de 1977 incluyó un capítulo central: la amnistía. Una vez más los paralelismos entre España y México fueron ineludibles. En mayo del 77 allá, en España, se dio la "Semana pro amnistía" en varias provincias. Se reclamó la libertad de los presos políticos e incluso la de aquellos sobre los que pesaban "delitos de sangre". El movimiento fue brutalmente reprimido y el episodio incluyó siete muertos, varios de ellos por heridas de bala y numerosos heridos. La lucha continuó. Detrás estaba ya el indulto que benefició —con libertad inmediata o reducción de pena— a alrededor de nueve mil personas y que se dio simultáneamente a la asunción al poder de Juan Carlos I.

El indulto en España se ha repetido en varias ocasiones. El "indultómetro" calcula que de 1996 a la fecha alrededor de 10,000 personas se han visto beneficiadas por esa "gracia". México tenía en la memoria imborrable el 2 de octubre del 68 y el 10 de junio de 1971, el llamado "jueves de corpus". México miraba a España, Reyes Heroles lo hacía muy de cerca. López Portillo tenía una enorme carga emocional hacia sus orígenes en Caparroso, en Navarra. El 28 de marzo del 77 se habían restablecido relaciones con la monarquía constitucional. López Portillo viajó a España el 8 de octubre del mismo año. Si hubiera podido me llevaba hasta el perico, le dijo a su secretario de Gobernación. El sábado primero de octubre *El País* publicó en sus notas de primera plana: "Proposición de ley de la Oposición sobre Amnistía". El tema estaba en el aire. El 15 de octubre de 1977 se promulgó la Amnistía en España.

Después del discurso de Chilpancingo llegó la discusión pública con los principales actores presentes, intelectuales y cientistas sociales, líderes políticos de todo el espectro (véase el listado al final de esta obra). Fueron las escenas en Bucareli del Salón Juárez del Palacio de Cobián, donde Miguel Covián Pérez hizo el ridículo frente a Martínez Verdugo, entre muchos otros. El paso definitivo fue el Legislativo, donde se aprobaron nuevas reglas de ingreso a la política y la representación proporcional. La Cámara de Diputados creció de 186 miembros a 400, de los cuales 100 serían de representación proporcional.

Pero había un problema, no cabrían en el edificio Legislativo de Donceles, por ello había que edificar un nuevo espacio. Reyes

Heroles no simpatizó demasiado con la idea de un espacio nuevo. La tentación fundacional no le atraía. Defensor de la continuidad entre el liberalismo del siglo XIX y la Revolución de 1910, se inclinaba por la remodelación del edificio de la mítica esquina de Donceles. Pero el espacio no daba. El 6 de diciembre de 1977, en un pequeño sobre muy femenino, mi madre le escribió la siguiente nota:

> Sr. Lic, Don Jesús Reyes Heroles
> Hospital Bucareli 33
> Esperando el parto le haya sido leve le felicitamos por la nena tan esperada y en cuyo porvenir todos los mexicanos confiamos.
> Gloria

Por cierto, el lenguaje telegráfico de su padre se hacía manifiesto.

El martes 6 de diciembre de 1977 se publicó en el *Diario Oficial* el decreto que reformaba y adicionaba los artículos 41, 51, 52, 53, 54, 55, 60, 61, 65, 70, 73, 74, 76, 93, 97 y el 115 de la Constitución Política de los Estados Unidos Mexicanos. Entrábamos a otra etapa de la historia de nuestro país.

81.

De don Adolfo Ruiz Cortines, Reyes Heroles aprendió una expresión. Cuando alguien le comentaba que fulano o zutano era muy inteligente, de inmediato preguntaba, inteligente para qué. La astucia del "viejo" presidente veracruzano estaba dominada por un profundo sentido común.

82.

Cuando lo invitábamos a meterse al mar, no a nadar, mi padre, siempre reticente a la innecesaria aventura, se quejaba con lo mismo: está fría. Esa excusa y la historia de "El Jorobadito" hacían la misión imposible. Pensé que era ya un pretexto sistematizado. Yo recordaba algunas vacaciones en Tuxpan con chimenea encendida por algún "norte", nunca un cielo totalmente abierto. Lo del "norte" siempre remitía a Manuel Maples Arce, uno de los fundadores del estridentismo, que una mañana lluviosa en Londres, donde fue embajador, comentó: debe haber norte en Veracruz.

Ya muerto mi padre, unos amigos nos invitaron a su casa en Tuxpan. Yo no había regresado desde hacía muchos años. El lugar me genera sentimientos encontrados. Es un sitio privilegiado por la naturaleza. El río es generoso, potente, las naranjas se caen de los árboles, la pesca es muy buena, la comida es sabrosa aunque una amenaza dietética. Pero Tuxpan es un lugar sucio, descuidado, con un enorme potencial pero a la deriva. Después de décadas, en el 2014 se terminó la autopista que une a la playa más cercana a la capital de la República. Ojala las cosas cambien.

Digo playa, porque la carretera no estaba terminada. Además de las dificultades orográficas, había un ping-pong de responsabilidades. Hablaba uno con las autoridades sobre la construcción del muelle de altura y respondían que el obstáculo era la carretera. Los constructores decían que no se terminaba la carretera porque no había muelle y así. En fin, fuimos a la playa, lejos del triste espectáculo de la termoeléctrica, y nos metimos a nadar. El agua debió haber estado a 32 o 34 grados centígrados. Después de eso, cualquier mar era frío.

Sólo recuerdo una escena de mi padre metido en el mar por propia voluntad. Estábamos en Cozumel, sitio por el cual mis padres tenían una particular debilidad. Me amanecí y, como siempre, fui a la pequeña entrada de mar a echarme un chapuzón. Cuál fue siendo mi sorpresa cuando lo vi a lo lejos y comenzó a gritarme ¡"Neptuno, Neptuno"!, moviendo los brazos sobre el agua turquesa. En verdad estaba rodeado de peces maravillosos.

83.

En la política mexicana ha habido momentos verdaderamente surrealistas. No por debajo de la realidad ¡sino por encima de ella! Rubén Figueroa Figueroa fue protagonista involuntario de uno de esos momentos. El personaje no tenía desperdicio, al grado de que la televisión francesa filmó un video sobre el excéntrico gobernador. En él aparecía nadando en la alberca de la casa de gobierno en Chilpancingo, mientras un mariachi incansable, tocando, lo contemplaba remojarse. No era un Adonis guerrerense. Más bien, su mérito era no tener ningún sentido autocrítico, cero. Un trío lo acompañaba por todas partes y los franceses registraron las escenas de "El Señor Gobernador" de jorongo ¡en Guerrero! deambulando en un autobús por el estado, con música de fondo en vivo. Pero quizá el capítulo más inverosímil es previo.

Postulado por el PRI como su candidato al gobierno de Guerrero, el 30 de mayo de 1974, en plena campaña, fue secuestrado por el Partido de los Pobres, la organización capitaneada por Lucio Cabañas. Figueroa había ido a buscar al guerrillero en un desplante tan ingenuo como protagónico. Llegó al lugar del encuentro en una Combi roja con moños, tal y como lo había solicitado el guerrillero. Se dice que durante varios días se sumó a un grupo itinerante y que Figueroa discutía con Cabañas sobre la presencia del Ejército en la zona y los presos políticos. Dicen que Figueroa comentaba que se tardó varios días en caer en cuenta que estaba secuestrado. Puede ser puro cuento. El encierro involuntario duraría hasta el 8 de septiembre. El Ejército mexicano rescató a Figueroa.

La elección fue en diciembre. Pero había un pequeño problema, Figueroa no había rendido protesta como candidato de su partido, trámite insoslayable. Debía hacerlo durante la campaña, eso ya amparado en un protocolo muy laxo. ¿Cómo estaba eso de hacer campaña sin haberse comprometido con un ideario?

El llamado Tigre de Huitzuco, un hombre que se había enriquecido como concesionario del autotransporte, tenía que levantar la mano y pronunciar las palabras sacramentales: sí, sí protesto. ¿Qué hacer?

Reyes Heroles había sido llamado por Echeverría para presidir el PRI en 1972. Por lo tanto le tocó el trance de postular a un ausente. Fuimos a Chilpancingo, que tiene una temeraria pista de aterrizaje rodeada de montañas. En un auditorio atiborrado e hirviente, en todos sentidos, Reyes Heroles ratificó la candidatura de Figueroa, que brillaba por su ausencia. Un fantasma recibía apoyo institucional inquebrantable y era seguro el "mejor hombre".

84.

De vez en vez Reyes Heroles salía del rutinario whisky para internarse en territorios más peligrosos. Eso ocurría sobre todo cuando estaba de vacaciones. Un buen martini muy seco que, siguiendo la receta de Buñuel de que sólo un haz de luz atravesara el vermut era la meta. Según sé, la costumbre venía del maestro De la Cueva, quien en su casa, por allí en la colonia Narvarte, preparaba el brebaje para sus alumnos y amigos. También un Manhattan, de vez en vez, era muy bienvenido. Le encantaban los de *Las Mañanitas* y los del *San Ángel Inn.* En el Puerto de Veracruz, como ya sabemos, el *mint julep* en *El Prendes* era forzoso. Recuerdo un restaurante en Nueva York, *La Grenouille,* con bellísimos arreglos de flores, donde sentados en la barra esperando a mi madre, me invitó compartir el riesgoso gozo del martini. Desde su muerte nunca más he vuelto a pedir uno. El recuerdo es muy fuerte. La simple copa helada me retuerce el corazón. Eso se acabó para mí.

85.

Volábamos sobre la impresionante Sierra de Chihuahua acompañados del gobernador del estado, Óscar Flores Sánchez. Se trataba de un buen abogado, sólido y duro, que tomó posesión el 4 de octubre de 1968, cuando el descontento político por la represión era generalizado. El movimiento estudiantil en Chihuahua continuó por varios años y la Liga 23 de Septiembre estaba muy activa en el estado con asaltos bancarios y secuestros para financiarse. Esa era la ideología revolucionaria de la época: todo se valía para garantizar la victoria, la muerte incluida. Flores Sánchez era conocido por su mano dura para lidiar con los extremistas pero, por el otro lado, concedió la autonomía a la universidad estatal. Quizá por esas características fue que López Portillo lo designó procurador general de la República. Era bravo, persiguió jurídicamente a su casi homónimo Óscar Flores Tapia, también gobernador pero de Coahuila, hasta lograr su desafuero y renuncia por acusaciones de malversación.

Primera escena: de nuevo a 17 mil pies sobre la Sierra de Chihuahua, Flores Sánchez le dijo a Reyes Heroles mirando por la ventana, vamos a pasar por arriba de mi pueblo. Mira

Jesús, yo nací allí, y señaló. Todos mirábamos tratando de localizar el lugar entre fantásticas montañas y abismales cañadas. No vimos nada identificable, entonces pidieron al piloto que hiciera círculos sobre el lugar. Pasados algunos minutos logramos ver un caserío de verdad muy pequeño, a riesgo de ser tautológico. De pronto se escuchó la voz de Reyes Heroles preguntar con asombro, oye Óscar y ¿cómo carajos saliste de allí? Esa movilidad social también existió.

Segunda escena: Óscar, ahora es Flores Tapia, por favor ponte el cinturón que vamos a despegar, le dijo Reyes Heroles. No Chucho, me han dicho que es mucho mejor rebotar en caso de accidente.

Mismo vuelo: bonito tu saco, le dijo el gobernador de Coahuila a Reyes Heroles. Tócalo, le dijo el ya elegante Reyes Heroles a Flores Tapia. Muy suave, ¿verdad?, es pelo de camello, explicó el veracruzano. Pues me das una idea, quizá debería Coahuila importar algunos camellos, debe ser buen negocio. No, Óscar, es lana, sólo tiene el color del camello. Creo que por fortuna nunca se importaron los camellos que ya estaban siendo destazados en la mente del gobernador.

86.

Díaz Ordaz soltaba a la prensa que Reyes Heroles era un "viable" para la presidencia. También lo calaba en persona. El asunto duró un buen tiempo.

Abogado, le lanzó Díaz Ordaz en un acuerdo, ¿sabe usted que el general Ávila Camacho era hijo de español? No, no lo sé, tenía el aspecto, respondió Reyes Heroles. Por favor estudie el caso, le dijo el presidente.

87.

Cuando Reyes Heroles decidió volverse elegante después de ser calificado como el funcionario peor vestido de la administración, cuidó con esmero su calzado. No dejaba que los boleros se inclinaran frente a él. Alternaba zapatos mientras reponían el brillo.

Un día, en el 2013, un buen amigo esperaba una cita en alguna oficina del Zócalo. Decidió darse una "boleada" con un anciano que contaba con una de esas sillas elevadas para comodidad de ambas partes. Usted debe tener un desfile de personajes por aquí, preguntó mi amigo. Sí, respondió el bolero, del Poder Judicial, de Hacienda, de Presidencia, del GDF. Buen récord, comentó mi amigo. Sí, dijo el bolero, pero nada como un viejo que me citaba en Bucareli, me saludaba de mano, se sabía mi nombre, ya tenía los zapatos dispuestos y me pagaba tres veces más por cada par. ¿Cuándo fue esto?, preguntó mi amigo. Ya tiene mucho tiempo, allá por los setenta. Mi amigo entró en territorio de duda. ¿Cómo se llamaba?, Jesús Reyes Heroles, fue la respuesta.

Quizá por su inhabilidad manual, quizá por convicción, pero mi padre respetaba mucho el trabajo que salía de las manos.

88.

A veces su concentración en lo que se hablaba o lo que leía era tal, o quizá debía decir la distracción, que con frecuencia tenía dos cigarros prendidos a la vez. Al principio me hacía gracia. Con el tiempo caí en cuenta que era muy preocupante, prender un cigarro era un acto reflejo para ganar tiempo en el pensamiento. ¿Cuál sería el fin?

89.

El día que Echeverría lo sacó del PRI nos vimos por la noche en la oficina de Insurgentes Norte. Por fortuna había comprado una camioneta para la casa. La misión era vaciar la oficina. Pues resultó que a las altas horas de la noche Reyes Heroles revisaba libro por libro de los que había acumulado sobre su escritorio o en el librero, no se le fuera a quedar algo valioso.

Parecía que la "renuncia" no estaba ya en su mente. No tenía interés en ver los noticiarios. La nota sería el destape. Él tenía algo más importante que hacer: sus libros.

90.

Cuando se enteraba que alguien andaba de enamorado, más si era su colaborador, de inmediato sacaba la sentencia que seguía con convicción:

"Cuando cabeza chica calienta, cabeza grande no piensa".

Qué razón tenía.

91.

La gestación se dio en el IMSS, pero había que ir al parto, para seguir con la línea metafórica sellada por la medicina. Había que arrastrar el lápiz. Reyes Heroles estudiaba por su cuenta, pero también pedía a sus colaboradores que lo hicieran. Sólo así se garantizaba diálogos de buen nivel e interlocutores sólidos para las conversaciones, una de sus pasiones. En dónde atrapó la idea, la concepción general del proyecto, difícil saberlo. Un libro clave y muy breve fue *Los sistemas electorales* de Jean Marie Cotteret y Claude Emeri. No es un gran tratado sino una revisión bastante sencilla si la comparamos con autores como Sartori, por ejemplo. Eso es lo que circulaba. Me regaló un ejemplar. Después de que terminé de leerlo me dijo, ¿te das cuenta?, se trata de hacer un coctel, lograr la mejor combinación entre diputados y senadores de mayoría y la representación proporcional. No olvido la palabra "coctel", que supone una mezcla delicada de contenidos. Quizá un buen martini estaba en su mente. Allí apareció Rodolfo Duarte, el sólido abogado fue el encargado de la redacción del proyecto de iniciativa.

92.

Durante la gestión de Echeverría había un conocedor del derecho electoral —allí están sus publicaciones—, su secretario de Gobernación. Me refiero a Mario Moya Palencia. En esa etapa de la historia de México, después del 68, lo lógico hubiera sido la apertura. Pero no fue así. Echeverría llegó a la presidencia después de unas elecciones muy cómodas. El PRI fue en fórmula con el PPS y el PARM y el único opositor fue Efraín González Morfín, candidato del PAN. Echeverría ganó con el 85% de la votación, un ridículo que anunciaba lo que ocurriría seis años después, el 100%. La XLVIII Legislatura no cambió un ápice frente a la de 1964: 178 diputados del PRI, 20 del PAN, 10 del PPS y 5 del PARM. La desventaja de la oposición real era insultante. Pero Echeverría no reaccionó, miró al pasado.

Moya Palencia publicó varios libros interesantes, uno sobre la presencia de África en América, otro sobre el gran viajero-pintor Thomas Egerton y también sobre elecciones. En ese momento fue un pionero, conservador, del derecho electoral. Entendía la necesidad de la apertura. ¿Por qué no procedieron a dar el paso? Moya fue un precandidato muy fuerte a la sucesión. Si hubiera promovido la apertura, hubiera sido el sucesor idóneo. Pero el desastre económico heredado por Echeverría y la intención de seguir mandando llevaron su decisión por otros rumbos.

A pesar de haber vivido el 68 y el 71 ya como responsable directo, ni Echeverría ni Moya impulsaron una reforma electoral, una apertura real. ¿Por qué? El hubiera no existe, quizá el jefe de Moya no quería ese cambio a pesar de que uno de sus lemas era la "apertura democrática". Por más gestos hacia los estudiantes y una aparente línea de diálogo, en el fondo nada cambió. ¿Explica eso la radicalización de algunos sectores y el fortalecimiento de la opción armada de ciertos grupos? Si la señal era de maquillaje, ¿para qué participar por la vía legal?

Lo paradójico era que Echeverría alentaba en su discurso la participación. Surgieron grupos sindicalistas disidentes, ferrocarrileros, electricistas y campesinos. Pero la respuesta real del gobierno fue mínima en relación a las demandas. Se redujo la edad para ser legislador, 21 años para diputado y 30 para senador. Lo más importante quizá fue cambiar el porcentaje necesario para que los partidos políticos conservaran el registro de 2.5 a 1.5%. Pero eso alentó los llamados partidos paraestatales, no la formación de opositores reales. Ofuscado con modificar el "desarrollo estabilizador" se lanzó a navegar sin rumbo incrementando la presencia del estado en la economía en todas las latitudes y desquiciando lo que hoy denominamos "los fundamentales" de la economía. La factura fue terrible, la habríamos de pagar todos después por muchos años y con intereses altísimos.

En ese periodo el enfrentamiento con los empresarios fue muy costoso y sin ningún beneficio para el país: gasto público desquiciado, inflación, deuda galopante, omnipresencia del estado, un desastre. Después de las reformas electorales, en las elecciones de 1973, los equilibrios no cambiaron: PRI 70%; PAN 14.6%; PPS 3.6% y el PARM sobrevivió con 1.82%. ¿Apertura o engaño? Eso encrespó los ánimos opositores, cambiar todo para que nada cambie.

93.

Yo no conocí a mis abuelos. Creo que algunos de ellos sí me conocieron. Mis hijas no conocieron a su abuelo paterno, por fortuna sí a los otros tres. No tengo claro, hay muy poca documentación, qué tanto conoció mi padre a sus abuelos. Pero la anécdota la platicaba mucho, de eso no me cabe la menor duda.

México ha aniquilado ese privilegio de tener ríos en las ciudades. Quedan muy pocas que lo conservan: Villahermosa, Culiacán, Monterrey —ese gran río seco casi todo el año, el Santa Catarina, que cuando se enoja sacude a la ciudad—, y la descuidada Tuxpan, Veracruz. Conservamos, eso sí, los puros nombres: Viaducto Río la Piedad, Río Magdalena, Río Churubusco, etc. En Tuxpan el río es un personaje viviente. Una es la vida si el río amanece normal, otra si viene una creciente. Los moradores de Tuxpan platican cómo ven pasar gallinas enloquecidas intentando nadar, cabras que gritan, troncos como toros queriendo embestir, reses desesperadas que ya ni mugen, muebles, por no hablar de cadáveres humanos. Mi padre recordaba una anécdota que le causaba mucha risa. Resulta que llegó una gran crecida del río que inundó las casas, deben haber sido muy precarias. El hecho es que el ropero de su abuela empezó a flotar. La corriente entró a su casa, lo fue llevando fuera y lo encaminó corriente abajo, al mar. En ese momento la abuela se encaramó en el mueble porque sus "joyas" estaban adentro.

Fin de la historia: la abuela pasó frente a ellos sobre el ropero hasta que se topó con un tronco que le salvó la vida. De las "joyas" no sé nada. Creo que eran pura imaginación.

94.

Reyes Heroles llegaría a Gobernación designado por López Portillo. En la presentación del Gabinete frente a los medios omitió a Carlos Hank González como regente de la Capital. Al salir del escenario alguien le hizo ver la ausencia. Reyes Heroles regresó al micrófono y con esa capacidad de torear lanzó: por un error "no atribuible a nadie", omití al regente... Pudiera parecer trapacería pura, pero lo que ocurrió es que la designación de Hank, por extrañas razones, no había estado en las listas y la secretaria de Reyes Heroles, la señora Susana, simplemente no notó esa ausencia. Era el final de las máquinas de escribir con cinta, la eléctrica ocupaba ya un espacio, no había fax y menos computadora, qué decir del correo electrónico. Estábamos en la prehistoria. Por supuesto al día siguiente ya se especulaba sobre "tensiones" entre Hank y Reyes Heroles. La noche del anuncio mi padre, nervioso, decía, "se nos olvidó, qué quieres que te diga, se nos olvidó". La política es criatura de los seres humanos, que nos solemos equivocar con mucha frecuencia, "se nos olvidó".

95.

No sé cómo le hubiera ido a Reyes Heroles con los actuales códigos de comunicación. Un ejemplo: él tenía una salida para los reporteros y periodistas no digerible hoy en día. Cuando no quería contestar preguntas callejeras, rodeado de reporteros, les decía con toda desfachatez, "lo que diga mi dedito". El dedito normalmente decía que no, creo que siempre decía que no, por eso recurría a él. Ya lo veo en el siglo XXI moviendo el dedito al cual, tengo la impresión, él instruía. Es una mera impresión.

96.

Las divisiones y desconfianzas entre el gabinete de Díaz Ordaz venían de atrás, mucho antes de Tlatelolco. Pero en ese momento cristalizaron.

Agosto 19, 1968: "Me habla el General García Barragán y me dice: Oye, Echeverría y Corona del Rosal me dicen que va a haber un gran mitin de electricistas y petroleros frente a Azcapotzalco, que mande a la tropa."

Reyes Heroles le contesta: "El único error que he cometido es dejar que fuera la tropa el 16 de agosto. Bajo mi responsabilidad, no mandes ni un solo soldado."

García Barragán le contesta: "Bajo tu responsabilidad y la mía, Tigre [así le decía], pero háblales a Corona y Echeverría."

"Bueno, si es bajo la responsabilidad de ustedes está bien", responde Echeverría. Corona del Rosal tiene una respuesta diferente: "ya me llamó Marcelino. Estoy de acuerdo, pero es necesario que estos cabrones sepan que la cosa va en serio, que se acabaron las jugadas, que los riesgos que corren son bien claros".

Reyes Heroles le responde: "Pues me imagino que ya lo sabrán". La fecha lo dice todo.

La historia del día 16 está contada así:

"A las 15.05 de hoy me habló el adocenado de Bucareli. Me pregunta si ya sé que están politécnicos frente a la refinería de Azcapotzalco... Le pido tiempo; entonces me dice: Recuerda que Martí dijo que en momentos de acción muchos libros en la cabeza son un estorbo". Reyes Heroles remata: "La cita debe ser falsa como todo lo que proviene de él".

En el segundo párrafo de la nota se lee:

"Le llamo pocos minutos después y le digo: De los 500 obreros en turno, 488 han entrado; 12 no. Me insiste en lo que ya me había dicho: "Que los golpeen para que no vuelvan a ir". Le digo que eso no es posible... mandar obreros a golpear; en segundo lugar, mucho politécnico es hijo de obrero petrolero y mucho obrero petrolero es hijo de politécnico. Me dice: "por lo menos que les digan que se vayan". Le digo: "Cabeza fría, no caigas en la guerra de nervios... me insiste. Le digo que bajo mi responsabilidad ni los obreros golpearán a los politécnicos ni los intimidarán a que se vayan".

"A las 15.40 le hablo por teléfono y le digo: "Los 500 obreros están trabajando; los 200 politécnicos se fueron. Cabeza fría. Y le recuerdo cuando en el aeropuerto le insistí en detener a los provocadores de Poza Rica, a lo que él se opuso, al igual que Antonio Rocha, y que se logró por órdenes del Presidente". Reyes Heroles remata: "Muy piadosos para detener a 5 o 6 provocadores; muy crueles o decididos para armar una sarracina en la que puede haber 5 o

6 muertos. Por lo visto no sabe lo que es la guerra sintética y descabezar a tiempo".

Las notas desnudan las contrastantes personalidades de los actores. Los conatos de violencia en torno a instalaciones de Pemex fueron varios que, por fortuna, Reyes Heroles desactivó.

97.

Una mañana, era fin de semana, después de leer el *Excélsior* con la famosa columna "Frentes Políticos" de Ángel Trinidad Ferreira, una pieza imprescindible en su vida política, se acercó a platicar. No entiendo, me dijo, la sucesión en Veracruz, su estado, no tiene problema. Hay muy buenos candidatos. Está Rafael Hernández Ochoa, Arturo Llorente, y lanzó varios nombres más. Ninguno tiene problema, pero alguien anda inflando a un tal Carbonell de la Hoz, el subsecretario de Gobierno, del cual tengo información terrible. Él no puede ser. El gobernador, subsecretario de Gobierno, era Rafael Murillo Vidal. Lo lógico era pensar que él lo inflaba, lo cual era cierto, pero tenía un aliado en Los Pinos. Pasaron los días, las semanas y la presencia de Carbonell, a quien se le atribuía fomentar grupos de choque, crecía como la espuma en las columnas políticas.

Una noche entré a su recámara y me lanzó, es Echeverría. ¿Cómo?, le pregunté, él está alentando a ese... Pero ¿qué gana?, no lo sé, fue la respuesta. Mañana renuncio a la presidencia del PRI. Sendos whiskys se interpusieron. Yo leía en ese momento a Maquiavelo, uno de los autores de cabecera de Reyes Heroles, me puse exigente y engallado, cual debe ser en alguien que todavía ronda los veinte años y cree tener el mundo en sus manos. Tú renuncias, salvas tu prestigio y Carbonell es el candidato y gobernador de tu estado. Tu maestro Nicolás Maquiavelo te reprobaría. Reyes Heroles estaba muy enojado, en Veracruz había un solo problema: Carbonell. Yo, muy teórico, le respondí, tienes que encontrar una forma de arrastrarlo. Nos despedimos con cierta tensión, no le gustó mi postura.

Al día siguiente, a eso de mediodía —yo cursaba mi carrera en la tarde, vespertina, porque mis conversaciones nocturnas con el personaje verdaderamente me inhabilitan para llegar a clase de siete, no sé cómo le hacía él para levantarse y cruzar una jornada de 16 horas—, sonó el teléfono, ya le encontré la fórmula, me dijo. Me voy, pero con él.

"Yo como veracruzano nunca voté por él", fueron las ocho columnas de *Excélsior*. Según la nota Ángel Trinidad Ferreira, entrevistó a Reyes Heroles justo en los días previos a la postulación. Nunca hubo tiempo para esa entrevista. Nunca se encontraron en el Ambassadeurs, pero Reyes Heroles le habló a Ángel y el prestigiado y hábil columnista comprendió la trascendencia de la declaración.

La mañana siguiente, frente a las ocho columnas de *Excélsior*, habló Echeverría, estábamos en casa. Mañana voy a Veracruz para calar los ánimos. Muy bien, presidente, pero si es

Carbonell yo me voy. La conversación fue breve. Reyes Heroles no fue invitado a la gira. Un presidente del PRI se oponía públicamente al presidente de la República en lo que fue un duelo público, un desafío a la ortodoxia priista de acatar la voluntad presidencial ciegamente. Ganó esa batalla. Finalmente se postuló a Rafael Hernández Ochoa, un abogado digno y cauteloso. Pero la espina estaba clavada. Reyes Heroles saldría del PRI.

98.

Contra lo que se piensa, Reyes Heroles era muy obvio. No engañaba y, si lo hacía, era con la verdad. Eso no casa con la versión del político que maneja veinte versiones del mismo asunto a la vez. El 20 de junio de 1977, siendo Reyes Heroles secretario de Gobernación y Guillermo Soberón rector de la UNAM, el STUNAM, de reciente creación, estalló una huelga con la demanda de un contrato colectivo único para académicos y personal administrativo. Era un reto al estado y una amenaza a la academia. El Partido Comunista Mexicano, el Mexicano de los Trabajadores fundado por Luis Villoro y Heberto Castillo, el Socialista Revolucionario, se solidarizaron con el movimiento. Por su lado el abogado general de la UNAM, Diego Valadés y el director del Instituto de Investigaciones Jurídicas, don Héctor Fix Zamudio, solicitaron que la huelga se declarara inexistente. Incluso se habló de un apartado constitucional especial, C, para las universidades.

La polarización continuó. Las televisoras transmitían cátedras, los sindicatos de la Universidad Autónoma Metropolitana y del Colegio de Bachilleres y el Consejo Universitario de la Autónoma de Oaxaca se solidarizaron con el movimiento, que llamó a una huelga general en todo el país. Una semana después del estallamiento de la huelga, la Junta de Conciliación y Arbitraje declaró ilegal la huelga y la Rectoría de la UNAM anunció la rescisión de los contratos de los huelguistas. El fuego se extendía.

El 29 de junio hubo una magna manifestación frente al Hemiciclo a Juárez. Hablaron Evaristo Pérez Arreola, líder sindical, y Pablo Pascual Moncayo, buen tipo. La Tendencia Democrática del SUTERM también se solidarizó con el movimiento y así lo hicieron treinta y cinco sindicatos más que iban a un paro de tres horas. Trabajadores y estudiantes del Instituto Politécnico Nacional se sumaron a las demandas. La UNAM denunció al Sindicato por los delitos de despojo y sabotaje. Los líderes del STUNAM comparecieron ante la PGR. El incendio continuó. El asunto era nacional y el secretario de Gobernación debía restablecer el orden público: defendiendo a la UNAM y evitando que la situación terminara en una purga anticomunista que algunos personajes deseaban. También le tocó garantizar a los trabajadores universitarios el pleno ejercicio de sus derechos. Reyes Heroles habló con los sindicalistas y les advirtió con claridad los límites de ley a sus acciones. El 7 de julio la policía capitalina y otras corporaciones ocuparon Ciudad Universitaria y fueron detenidos 531 trabajadores con lujo de violencia. Entre ellos estuvieron los principales líderes del movimiento magisterial. La maniobra fue ejecutada con profesionalismo. Parte de la estrategia fue la de liberar a la gran mayoría lo antes posible. El asunto dejó de ser meramente laboral y se convirtió en un terremoto nacional.

El 8 de julio se realizó un paro en 12 universidades públicas y hubo varios mítines de protesta. La imagen del 68 merodeaba, pero ahora era Reyes Heroles el que estaba en Bucareli. En paralelo, el rector Guillermo Soberón y Reyes Heroles propiciaron encuentros y negociaciones en las que participaron el secretario general de la UNAM, Fernando Pérez Correa, y David Pantoja, coordinador del Colegio de Ciencias y Humanidades de la UNAM. Del otro lado estaban los principales líderes del Partido Comunista, encabezados por Arnoldo Martínez Verdugo. Lograron el objetivo. El 9 de julio el STUNAM levantó la huelga.

Reyes Heroles se reunió en varias ocasiones con los líderes y fue muy claro: sí al reconocimiento del Sindicato, era su derecho; no a las huelgas de solidaridad, eran ilegales. Si van a ellas, procederemos. Y así fue, claro y obvio en su postura. Todavía hoy, los que fueron detenidos afirman, no nos engañó. Cumplió paso a paso. La vida institucional se restableció. Con la Reforma Política varios de los líderes sindicales llegaron a la Cámara de Diputados. Reyes Heroles siguió teniendo relación con ellos, a pesar de haber cárcel de por medio. No les mintió, les avisó, les advirtió. Fue duro. Negoció desde una posición de ventaja que le daba la ley. Al universitario Reyes Heroles le tocó ese difícil papel.

99.

David Pantoja, un gran amigo, espléndido jurista, profesor universitario y colaborador de Reyes Heroles en Educación, recuerda muchas escenas. Su mente está llena de anécdotas. Va una. Entra el coronel Valdés y le avisa a Reyes Heroles que Fidel Velázquez está en la línea. El secretario de inmediato se voltea, toma el auricular y le suelta, ¿"cómo está mi ahuehuete"? Eso describe la larga relación que tuvieron Fidel Velázquez y Reyes Heroles y la calidad de la misma, desde el PRI hasta Gobernación. Sobra decir que Fidel Velázquez y Reyes Heroles tuvieron diferencias, sobre todo cuando el segundo presidía el PRI. Es claro que la Reforma Política del 77 también fue negociada con "el ahuehuete".

Durante su relación en el PRI, la postulación de candidatos era un territorio de negociación. Don Fidel reclamaba su cuota y era muy duro. Reyes Heroles, por su parte, le hacía ver que el llamado sector obrero ya no crecía y que, por lo tanto, ya estaba sobre representado. Además, el desprestigio del sector con los líderes del SNTE, de la CROM, de los petroleros o personajes como Joaquín Gamboa Pascoe, que perdió estrepitosamente una elección a sabiendas de que no tenía posibilidades de ganarla, los ponían en trincheras enfrentadas. Sin embargo, Reyes Heroles siempre se expresó con respeto de Velázquez, con quien litigó muchos asuntos. Era una relación madura y cordial. Contra la versión simplista del "dedazo", la verdad es que los líderes sectoriales eran consultados, sobre todo el viejo lobo de mar con sus anteojos oscuros y su puro en la boca. En sus tradicionales conferencias de prensa daba la impresión de hacer todo lo necesario para que no se le entendiera. Lo lograba con creces. Al final de su vida le ponían subtítulos a sus dichos. De todas formas no se le entendía. Esa era su estrategia, no dejarse arrinconar.

100.

Otro cale: estaba en acuerdo con Díaz Ordaz. Terminan los asuntos de Pemex y el presidente le pregunta de nuevo, ¿abogado usted sabe que López Mateos no era hijo de mexicanos? Según contaba Reyes Heroles, respondió con cierto humor y entendiendo el juego que el presidente traía en mente. Reyes Heroles le contestó, sí, de él sí lo sé. Siendo subdirector del IMSS me tocó revisar su expediente y uno de sus padres era guatemalteco. Y ¿qué opina usted al respecto? Están Ávila Camacho y López Mateos, le lanzó Díaz Ordaz. De Ávila Camacho no lo sabía hasta que usted me lo confirmó. He averiguado y es cierto, pero el general no era abogado. De López Mateos lo sé, pero tampoco era abogado, estudió derecho y era un hombre culto, pero nunca se recibió, fue la respuesta de Reyes Heroles. Y ¿qué piensa usted al respecto?, reviró el presidente. Bueno, presidente, yo sí soy abogado. Y los dos rieron. Reyes Heroles volvió a fijar su posición sobre el tema.

101.

Reyes Heroles conversaba largo con Samuel del Villar. Era un hombre inquieto y buen abogado en ese entonces. Del Villar y Miguel Limón Rojas fueron compañeros de generación en la Facultad de Derecho. Pero Miguel no militaba en algún partido y por más que su amigo lo orillaba a afiliarse al PRI, Limón se resistía. Un día Del Villar lo llevó con Reyes Heroles, quería acercarlo. Conque usted no es priista, lo inquirió con severidad, con algún cigarro prendido, según cuenta Miguel, y por qué, le preguntó Reyes Heroles. No, mire licenciado, yo no estoy convencido y empezó una disquisición elusiva hasta que el tuxpeño lo interrumpió, ah, entonces usted piensa que estoy aquí para hacerme el pendejo. Ese fue el fin de la conversación. Miguel Limón se afilió al PRI después de la amable invitación.

102.

¿Cómo le hizo Reyes Heroles para publicar tanto siendo servidor público en cargos muy demandantes? Lo primero era el gozo, su actividad intelectual y como historiador lo llenaba tanto que, de verdad, de nuevo descansaba haciendo adobes. Era muy organizado, en las noches leía alguno de los libros de la pila que tenía en su mesa de noche, subrayaba, hacía unos jeroglíficos al margen o en una libreta y al día siguiente pedía su transcripción. Recordemos que no había fotocopias, menos aún *scanner* o libros digitales. Los libros se construían con un enorme grado de actividad artesanal. Pero las manualidades no eran lo suyo, por decirlo con cariño. En eso tuvo un apoyo invaluable. A su despacho privado llegó un hombre corpulento, de rostro adusto con unas manos enormes y fuertes y una voz grave, como de barítono, al que por cierto le encanta la ópera, su nombre: Bernardo Marmolejo, de Jocotitlán, Estado de México.

Pero este hombrón que trabajaba en los almacenes de *El Sol de México* tenía, y tiene, una cualidad extraordinaria: es el mecanógrafo más rápido y preciso con el que me he topado en la vida. Clava la mirada en el texto a copiar y sus dedos inician un bombardeo que no tiene fin hasta que llega el fin. Bernardo Marmolejo puede tomar un dictado por teléfono a la velocidad a la que uno habla, increíble. Fue él quien fungió como archivo, disco duro, *software* y demás en los libros de Reyes Heroles. La nobleza de Bernardo Marmolejo lo acompañó hasta el final de su vida.

Años después, Carlos Fuentes me pidió un apoyo para pasar sus originales, de artículos, ensayos y libros, y le presenté a Bernardo Marmolejo. La relación entre ambos era fluida y Carlos le regalaba discos de ópera. Los *faxes* de Carlos llegaban siempre con un mensaje en su papelería personal con un Chac Mool y la dirección Apóstol Santiago número 15: Estimado don Bernardo etc... La labor de Marmolejo iba desde la paleografía de los escritos de Reyes Heroles y Fuentes hasta la versión impresa para la lectura de discursos o conferencias. En silencio y total discreción, Bernardo Marmolejo hace su trabajo.

103.

Cuando mi padre llegó a la SEP mi madre se entristeció mucho. Sabía que los excelentes años en que mi padre estaba en el ostracismo político habían sido para ellos de lo mejor. La tensión laboral desapareció, siempre andaban de buenas. Los compromisos oficiales y superficiales ya no existían. Se reunían estrictamente con quienes querían ver, viajaban y se daban el tiempo para estar juntos, tan sencillo y tan importante. Esta no la libramos, me dijo mi madre, el día que se enteró de su designación en la SEP, sin que tuviera sospecha de algo en concreto, y así fue.

Un hombre público con el compromiso que Reyes Heroles debía estar dispuesto a sacrificar mucho de su vida personal. Desde no poder ir a un restaurante sin estar expuesto a interrupciones que, por amables y respetuosas que fueran, eran interrupciones, hasta tener que limitar las risas o expresiones gestuales ante la amenaza de interpretaciones desviadas. Por eso Reyes Heroles se alejaba, iban a la casa en Cuernavaca en la cual ambos se encerraban, rara vez invitaban a alguien. Mi madre, por desgracia, tuvo razón. Era el final.

104.

Dos días después de la tragedia de Tlatelolco, Reyes Heroles dictó en tono telegráfico otra nota muy intrigante. Allí se lee:

"1.- 14.50 horas.- El Secretario de Gobernación habló al Director de Pemex diciendo que va a haber un mitin en Avenida Juárez, organizado por 'Los Chimales'."

Gerardo de la Torre escribió un texto sobre el origen y evolución del STPRM y su actuación en 1968: "Los petroleros en 1968". En él explicó el importante papel de oposición al oficialismo —apoderado del Sindicato—, que jugó Ignacio Hernández Alcalá, uno de los hermanos conocidos como "Los Chimales". La historia se remonta hasta 1958, cuando la emergencia de grupos del sindicalismo independiente marcó al país, en particular los ferrocarrileros. No sólo se demandaban salarios y condiciones laborales sino democratización sindical. Hernández Alcalá, junto con Demetrio Vallejo y demás líderes ferrocarrileros, fueron encarcelados en 1959. Todo esto para recordar que "Los Chimales" eran un referente obligado de la vida interna de Pemex. Llevar buena relación con ellos era un objetivo primordial.

> Director General de Pemex le contesta que no está organizado por "Los Chimales", sino por 4 personas cuyos nombres él le da.
> 2.- 14.55 horas.- Director de Pemex habla a Secretario de Gobernación pidiéndole no vaya a detener a Los Chimales, quienes, a pesar de tener pariente herido [el 2 de octubre] están colaborando.

Cinco minutos después, Reyes Heroles le comentó a Echeverría y le hizo ver que la reunión no tenía importancia, había muy pocos trabajadores y estudiantes.

> 4.- 15.05 horas.- Director General Pemex presencia desde el balcón mitin insignificante sobre un ómnibus, cuya llave fue quitada al chofer…
> 5.- 15.10 horas.- 50 granaderos aproximadamente llegan al edificio de Pemex cuando ya el mitin había terminado. Desde el balcón, Director Pemex y otros colaboradores les gritan a los granaderos que se retiren.
> 6.- 15.15 horas.- Director Pemex habla a General Cueto suplicándole retire granaderos, quien de inmediato dice que lo hará y que, dice, los mandó por órdenes del Secretario de Gobernación.
> 7.- Director Pemex sale a Avenida Juárez para dispersar gentes molestas no con el

> mitin sino con la presencia de los granaderos.
> 8.- Comandante de granaderos manifiesta a Jefe de Servicios Especiales y Gerente de Personal de Pemex que tienen instrucciones Sr. Presidente de disolver a golpes cualquier reunión que se celebre en las oficinas de Pemex.

Reyes Heroles entró en zona de desconcierto, y con razón. El presidente, ¿se había convertido en el jefe y operador de los granaderos? ¿Por qué Pemex en específico? Resultaba muy raro, o quizá no era el presidente que en ese momento, después de Tlatelolco y con los ojos del mundo puestos en México por las Olimpiadas, debió haber tenido preocupaciones bastante mayores que un mitin minúsculo. Imaginemos el estado de ánimo del país de la capital después de Tlatelolco.

> 9.- Director de Pemex se pregunta: ¿Se quiere incitar al movimiento obrero a que apoye actos del llamado movimiento estudiantil? ¿Se desea el contagio? No hay que olvidar que mujeres y hombres [que] trabajan en las oficinas de Pemex fueron disueltos por granaderos en 1959 y mantienen profundo odio por dicho cuerpo.

Reyes Heroles estaba muy molesto por la intromisión de Gobernación y DDF en sus territorios administrativos. Su razonamiento inicial era correcto: el Presidente debía estar enterado. Vino el enojo: "10.- Si a Director Pemex no se le ratifica confianza, en el sentido maneje la responsabilidad que le concierne a su criterio, solicita atentamente relevo".

Y regresa a la insensibilidad mostrada desde Gobernación y DDF.

> 11.- Hay que considerar que una hija de un chofer de Embarques y Reparto —señorita Mendoza— murió en Tlatelolco. Que un empleado de la Subdirección Comercial —señor Bernal— murió en Tlatelolco. Que un hijo de los "Chimales" y "Chimalitos" —hermanos Alcalá— fue herido en Tlatelolco. Director Pemex asistió velorio señorita Mendoza y señor Bernal. En el primero, conjunto chóferes Embarques y Reparto ofrecieron su colaboración. ¿Se pretende romper esto?

De las notas, queda clara la desesperación de Reyes Heroles ante lo que parecía una lectura, equívoca, superficial y suicida de lo ocurrido el 2 de octubre. México había cambiado para siempre y en el gobierno recaía la responsabilidad de poner un ejemplo de sensibilidad política que brillaba por su ausencia. La nota remata:

> Director General Pemex ofreció al señor Presidente, al conocer su nombramiento,

ser aglutinante y no dividir. Situación actual imposible cumpla su cometido. Por tanto solicita [expresión utilizada para ordenar sus pensamientos]:
1.- O hablar con Secretario de Gobernación, en cuyo caso lo hará encabronado o que lo haga el señor Presidente.
2.- Instrucciones General Cueto o Dirección Federal de Seguridad se atengan a solicitudes de ayuda de Director Pemex y que no sigan otras instrucciones.

La nota termina con algo espeluznante:

Me encuentro al amigo de Río San Juan [evidentemente usa fórmula para ocultar el nombre]. Me informa que él fue el que ordenó ametrallar la Vocacional 7 —"chamuscar" son sus términos— algunos coches y desaparecer los automóviles del estacionamiento del Museo de Antropología e Historia. Que además había enviado 30 gentes a lo de Tlatelolco, pero que, ante la confusión, les dijo que no hicieran nada.

Por lo visto el terrorismo también medró en nosotros.

Aparte, me agregó que al señor Presidente le había informado de sus acciones hasta después de realizadas, sin previa consulta.

[Allí Reyes Heroles se pregunta:]

¿En Tlatelolco habrá habido enloquecimiento de provocadores nuestros, ajenos, y una masa? ¿Lo voy a saber?

105.

Busqué a Raúl Morodo para recuperar la pista de la expresión "ruptura pactada" y esto fue lo que me contestó:

> 1.- En su día, en efecto propuse la expresión "ruptura pactada" aplicada a la transición española. Nos movíamos entonces en juegos de palabras con la "ruptura" y la "reforma". En el fondo, era aceptar la reforma gubernamental (Suárez). En principio, "reforma" representaba al Gobierno y "ruptura" a la Oposición que estaba dividida en dos plataformas: Junta Democrática y Convergencia. La Junta (Carrillo) y PC, PSP (Tierno Galván), Partido del Trabajo, partidos socialistas regionales (Andalucía, Aragón y Valencia) e independientes; y, por otra parte Convergencia: PSOE (Felipe González). Democracia Cristiana (Ruiz-Giménez, Gil Robles), ORT y otros grupos. Al final, en 1976 estos dos organismos nos unificamos: la llamada "Platajunta", que negociaría con Suárez. De aquí saldría el consenso político materializado en la Constitución del 1978 (después de las

elecciones generales del 77, que ganó Suárez, UCD).

2.- Anteriormente, con tu padre, en distintas ocasiones y en la última, pocas semanas antes de su fallecimiento en USA, hablamos del problema general y concreto (España/México) de las transiciones. La última fue con Emilio Cassinello, en un restaurante de la Zona Rosa. Él era claramente reformista: no partidario de la ruptura inviable por los poderes fácticos, sino de un entendimiento profundo, Gobierno Oposición (en España) y reforma profunda, desde dentro, en el caso mexicano. La vivencia que tengo de esta posición suya la podría reducir a ésta: una "transición controlada", descartando el rupturismo y el continuismo: un pragmatismo democrático sincero. Las características particulares de cada país (de su historia) condicionaban buscar modelos propios y diferenciados.

3.- Sobre la cuestión del Gobierno Republicano en el exilio, que México reconocía, era consecuente con este planteamiento: coincidíamos en que la continuidad ya no tenía sentido, aunque debía hacerse con la aceptación, al menos implícita, de los amigos republicanos, y con todas las consideraciones posibles, y así se hizo.

En alguna ocasión Suárez me contó, muy posteriormente, que la conversación con López Portillo transcurrió sin problemas, bien preparada por tu padre.

Si vienes por aquí o me acerco a México charlaremos in extenso.

Un gran abrazo.

Y así fue, Raúl no podría haberlo dicho con mayor precisión. Los mayores problemas para Reyes Heroles estaban dentro del gobierno y de su propio partido. Se llegó a niveles muy bajos entre los rumores, chismes y verdades. El triste espectáculo de Miguel Covián Pérez en la sesión de la Reforma en que se presentó el Partido Comunista con Arnoldo Martínez Verdugo como orador principal fue adjudicado a una encomienda de Carlos Sansores Pérez, el cacique campechano que presidió el PRI del 1 de diciembre de 1976 hasta febrero del 1979, es decir que coincidió, en todo momento, con la elaboración formal de la reforma política. Era un mismo partido, con trincheras muy diferentes.

El conservadurismo interno del PRI tenía una lista muy amplia de representantes. Manuel Sánchez Vite, otro cacique hidalguense con el que Reyes Heroles se enfrentó cuando llegó al PRI a sucederlo en el 72, trató por todos los medios de ponerle piedras en el camino. El ex líder magisterial, controlado por el verdadero dueño del circo, Jesús Robles Martínez, buscó impedir que Reyes Heroles abriera cualquier posibilidad de cambio. Para qué, si la plaza estaba llena. Su secretario particular en el SNTE en los años cincuenta fue otro encantador personaje, Carlos Jonguitud Barrios, que llegaría al liderazgo magisterial apoyado por Echeverría dando un golpe violento, tomando las oficinas del SNTE. Fueron finos caballeros, sin duda.

Jonguitud siguió el mismo camino que su antecesor: fue designado secretario general en 1974 y después impuso a una serie de títeres, cinco en total. Así se mantuvo en el poder detrás del trono por diecisiete años. Cuenta David Pantoja que, siendo Reyes Heroles secretario de Educación, el cacique magisterial dio instrucciones de hacerle el vacío al secretario. Cuando entraba a un evento con maestros no había siquiera un aplauso de saludo o cortesía a Reyes Heroles. Pero al pronunciar el maestro de ceremonias el nombre del líder, el salón estallaba en aplausos. Así de tersas eran las relaciones entre los dos.

Fue sucedido por Elba Esther Gordillo, impulsada por Salinas de Gortari, quien utilizó el mismo mecanismo hasta que cayó en desgracia política el 26 de febrero del 2013, cuando fue detenida por diversos delitos. Por cierto, todos ellos han sido borrados de la página web del SNTE. Esos eran algunos de los tiburones que nadaban alrededor de Reyes Heroles cuando trató de modernizar su partido, y después, al impulsar la Reforma Política. Buena compañía, sin duda.

106.

La balacera de Arenal 13 y del avión de Pemex y otras amenazas no desaparecieron del todo cuando dejó la empresa estatal. Fueron más sutiles, por utilizar un adjetivo impropio. Al caer en alguno de los varios períodos de desgracia, creo que después de dejar Gobernación, unos malandrines se metieron una noche a su casa en Cuernavaca. No se llevaron absolutamente nada pero, eso sí, le formaron una cruz con objetos justo enfrente de su cama. Reyes Heroles recurrió a no recuerdo qué autoridad para que se hiciera una investigación. La conclusión fue muy clara: la señal o amenaza la habían dejado agentes de la PGR. Fuego amigo, dirían ahora. Después de los balazos el incidente le pareció menor, pero escabroso: sabemos dónde duermes, que con frecuencia estás solo y allí te vamos a matar.

107.

Estando en la SEP un periodicucho de mala muerte de Tabasco publicó una nota en la cual afirmaba que Reyes Heroles había malversado en su favor alrededor de mil millones de pesos. Yo estudiaba Derecho y por la noche llegue furioso, alguna acción jurídica debíamos emprender. Envalentonado desde las aulas, no comprendí su reacción. Son los Cantón Zetina, no valen nada, son basura y todo mundo lo sabe. Pues basura o no estaban ensuciando su nombre y de pasada el de la familia. Es muy difícil ganarles, me dijo, son extorsionadores profesionales. Después de una larga charla logré convencerlo de que me permitiera hablar con Rodolfo Duarte, excelente abogado y amigo de verdad. Él interpuso la demanda. Más o menos un año después de fallecido Reyes Heroles, me habló Rodolfo para decirme que habíamos —es un decir: que él había— ganado la demanda *post mortem*. La sentencia obligaba a la reparación del daño con unos cuantos pesos o algo así. Eso no importaba, sí en cambio que no se salieran con la suya. Se logró. Cuando me encuentre a mi padre será lo primero que le diga, aunque no creo que el asunto le preocupe. Su reputación está mucho más allá.

108.

Mi padre pertenecía a una generación poco táctil, poco apapachadora para decirlo en términos coloquiales. Yo en cambio no puedo concebir la vida sin abrazos, besos, palmadas y lo que se atraviese. A mi padre le di, por años, un beso al saludarlo y por las noches, al despedirme. Hasta que un día noté que le molestó el acto. No te gusta, le pregunté con franqueza, bueno es que ya estás grandecito. No argumenté y lo puse a dieta. Llegaba yo por las noches y desde lejos le decía hola, me servía un whisky y platicábamos como si nada. Así fue hasta que un día me reclamó, ya estuvo suave, dame mi beso. Desde entonces no dejé de fastidiarlo y siempre le preguntaba, ¿hoy quieres beso o no? Tú decides. Terminó siendo más apapachador.

109.

Como buen conversador, Reyes Heroles gozaba a los buenos conversadores. Un personaje con el que trenzó una gran relación fue con Eulalio Ferrer, el publicista, el amante de *El Quijote*, el apasionado lector de periódicos, el prolijo escritor de textos muy diversos que suponían verdaderas investigaciones, el conocedor de vinos, el coleccionista de diccionarios y tantas cosas más. Se reunían con cierta frecuencia a platicar, muchas veces solos.

Eulalio, como buen refugiado, le seguía la pista a su patria original —a España y su querido Santander— muy de cerca. Mantenía contactos con grandes personajes de España, incluidos Felipe González, Tierno Galván, Jesús de Polanco y otros. Platicaban mucho de esa España que estaba implosionando. Eulalio era un hombre muy cuidadoso del uso de las palabras. Aquilataba cada una antes de pronunciarla. Reyes Heroles regresaba pleno de conversar con un hombre culto, muy inteligente y perspicaz. Reyes Heroles sacrificaba lo que fuera por una buena conversación y Eulalio era de sus interlocutores favoritos.

Tengo la impresión, y no es más que eso, de que fue Eulalio el que le abrió puertas y amistades en España. ¿Por qué concluir algo así? Porque desde que llegó a Gobernación Reyes Heroles tenía ya una agenda española que él no tuvo ni tiempo, ni forma de construirla. Recordemos que Reyes Heroles fue de los que juró y cumplió no viajar a España hasta que cayera Franco, los del pulgar "chato" de tanto prometer con un golpeteo "este año cae o muere Franco" sin que nada ocurriera en España, que Abel Quezada dibujaba con mucha gracia. No visitó España hasta después de restablecidas las relaciones, es decir, siendo secretario de Gobernación. ¿Cómo le hizo para entablar buenos contactos tan rápido? El puesto ayudó, pero hubo alguien más: Eulalio Ferrer. Por fortuna, la amistad se volvió transgeneracional.

110.

Noviembre 5, 1968

Le enseño la nota de El Heraldo para que la lea. Al terminar, le digo: "Sustancialmente es cierto y afortunadamente para mí, nunca he tenido que torturarme con la idea de ser aspirante a la Presidencia de la República".

Me contesta: "Pierdo un as de mi baraja".

"Como le decía a usted, sustancialmente es cierto. Soy hijo de mexicana por nacimiento y mexicano por naturalización".

Me pregunta el Presidente qué opino de la limitación constitucional, y le digo que 16 años la he defendido en clase y que me parece una limitación conveniente para México que se fije el requisito de ser mexicano por nacimiento y de padres mexicanos por nacimiento.

Me repite: "Pierdo un as de mi baraja".

...por aquel entonces, Francisco Martínez de la Vega —personaje al que Reyes Heroles respetaba y quería— me dice: "Oiga usted, el doctor Martínez Manatou (secretario de la presidencia en ese momento) me dijo que usted le había dicho que era hijo de mexicano por naturalización" Reyes Heroles le contestó: "Le dijo a usted la verdad" Martínez de la Vega me pregunta... "¿Y para qué lo anda usted diciendo?" Le contesto: Porque es la verdad. Él agrega: "Pero si lo saben unos cuantos, ¿qué importancia tiene?" Y yo le respondo: "Para usted ninguna; pero yo como abogado tengo conciencia jurídica".

La idea rondaba la mente del presidente y de otros mexicanos. Reyes Heroles permaneció firme, nunca coqueteó con la posibilidad. Era un abogado congruente con sus convicciones.

111.

Como sabemos, Reyes Heroles no era obsesivo en aquello de dejar huellas arquitectónicas. En Pemex le tocó construir una nueva torre, pues el edificio de Avenida Juárez ya era insuficiente. Pero cuando llegó a Gobernación se le vino encima el dilema de buscar una nueva sede para el Archivo General de la Nación. Como historiador sabía la enorme responsabilidad de cuidar los documentos de la mejor manera posible y el edificio de la calle de Tacuba número 8, el antiguo, ecléctico pero bellísimo Palacio de la Secretaría de Obras Públicas, ya era insuficiente. Había que buscarle un nuevo hogar. La responsabilidad de dirigir el Archivo General de la Nación recayó en Alejandra Moreno Toscano.

Reyes Heroles le pidió a su oficial mayor que la acompañara a tomar posesión. El director saliente, Jorge Rubio Mañé, un sólido historiador reconocido por sus trabajos sobre Yucatán y sobre la historia de los virreyes, llevaba muchos años en el puesto, diez y siete para ser exactos. Era un hombre de 72 años, y la mudanza reclamaba brío y un nuevo ánimo. Cuando Alejandra se presentó con cita previa, simplemente no la recibió. Así se repitió la historia hasta que el oficial mayor hizo valer las jerarquías burocráticas y pudieron, por fin, ver al director-ex director. Aun así, el individuo se negó a dejar la oficina, pues no entendía que su encargo había terminado. Alejandra optó por poner un escritorio en uno de los grandes salones del Palacio con un pequeño letrero que decía DIRECCIÓN. Esas historias también ocurren.

La parte romántica del caso es que la administración de los presidios federales también recaía en Gobernación. Reyes Heroles, con la reforma política en la mente, visitó Lecumberri, de triste historia para México. El Palacio Negro reunía, según afirmaron los técnicos, las características necesarias para alojar al AGN. Se tomó la decisión: de prisión, a hogar de la memoria nacional. El simbolismo fue parte de la decisión.

112.

Reyes Heroles dedicó muchos años a documentar los veneros y las aportaciones de los liberales mexicanos al pensamiento nacional y universal. Su texto de referencia, *El liberalismo mexicano*, ha recibido muchos aplausos y reconocimientos y también críticas de todo tipo: que si no es correcta su interpretación del legado de los liberales plasmado en la Constitución del 17, que si muchos de ellos simplemente copiaron lo dicho por ingleses, franceses o en *El Federalista*. Pero el hecho concreto es que, entre más años pasan —la primera edición es de finales de los años cincuenta—, se demuestra que nadie ha superado la documentación que Reyes Heroles reunió para esa obra pionera.

Años después de su muerte, durante el régimen de Carlos Salinas de Gortari, se intentó llevar esa continuidad discursiva a la penúltima década del siglo XX. Reyes Heroles ya había fallecido y el mentado "liberalismo social" de su factura nada tenía que ver con el quehacer gubernamental de esos momentos.

Pero además, Reyes Heroles era un liberal atípico. Atípico en el sentido de que entregaba la vida por las libertades políticas pero a la par creía en la necesaria intervención del estado en la economía. Es decir, no apostaba a la "mano mágica". Basta con revisar *La Carta de La Habana*, o *Tendencias actuales del Estado* o sus discursos en el PRI para cerciorarse de los límites que el liberal político le imponía al mercado. No juzgo la certeza de sus ideas, menos aún después de treinta años de su desaparición. Sería injusto. Simplemente aclaro lo que sus escritos dicen. Hay una bellísima conferencia que dictó en la Facultad de Derecho en febrero de 1956 denominada "Las libertades en el liberalismo mexicano", que fue editada después por *Cuadernos Americanos* en un sobretiro que plasma, en pocas páginas, su pasión por el liberalismo político.

113.

Yo nada más voy por verlo sacar los cigarros encendidos de la bolsa de su saco. Esa era la mayor emoción de un amigo de Miguel Limón Rojas de las sesiones de la Reforma Política en Bucareli. Cuando Miguel me lo contó, recordé que era parcialmente cierto. Lo vi tantas ocasiones que me parecía normal. Llevaba los cigarros en la bolsa izquierda del saco y un buen encendedor en la derecha. Por supuesto, el cigarro no salía encendido de la bolsa, pero movía las manos simultáneamente, sacaba cigarro y encendedor que manipulaba en automático y en un instante el cigarro estaba encendido. Los sacaba prendidos.

114.

Cuando mi padre decidió construir una casa alrededor de su biblioteca en Cuernavaca, mi madre fue reticente. Ella no quería asumir la responsabilidad de llevar la casa, su mantenimiento, las relaciones con el jardinero y el personal de auxilio doméstico, la comida, etc. Tenía razón. Suficiente es suficiente. Pero él soñaba con su casa-biblioteca. Fue así que a principios de los años setenta asumió su papel de amo de casa: el color de las toallas, el estado de las sábanas, la pintura y barniz necesarios para el mantenimiento y… la comida de los fines de semana.

En una eterna conspiración con el mayor Valdés conseguía las recetas de los platillos de los restaurantes y Reyes Heroles daba instrucciones de cómo hacer los guisos, lo cual era temerario. Igual mandaba comprar la comida y, desde en la mañana, nos presumía el menú. Los vinos eran seleccionados por él personalmente. Era muy divertido verlo distraerse con lo elemental: comer sabroso. No siempre lograba su cometido, pero allí estaba la red de salvación gastronómica de *Las Mañanitas.* Esos fines de semana me recordaban al joven abogado que iba a *La Puerta del Sol* a comprar viandas en los años sesenta. Aunque la comida no siempre fuera buena, quién iba a reclamarle después de tanta energía.

115.

Llegué relativamente tarde a la casa. Venía de la Facultad. Reyes Heroles ya estaba allí, reunido con un grupo de personajes que hablaban con acento centroamericano. Estaba en Gobernación. Saludé y noté que mi presencia inhibía la conversación. Vestían con jeans, chamarras, botas y llevaban barbas. Era evidente que no pertenecían a la clase política mexicana o algo así. Tenían un acento que no identifiqué. Cuando se fueron, con gran curiosidad le pregunté a Reyes Heroles, quiénes son. La respuesta me dejó atónito: los revolucionarios de Nicaragua. Las reuniones se sistematizaron, siempre en la casa. Por supuesto, no irían a Gobernación, eran los insurrectos, los subversivos. ¡Cómo explicar sus pláticas con el ministro del Interior! Nunca vi un portafolio o algo similar, pero sí una confianza creciente y sólida. Lo demás sería especular.

116.

Reyes Heroles vivía así entre el mundo imperante, la realidad con la que tenía que lidiar, y sus deseos, anhelos y convicciones. Uno de los personajes que seguía teniendo un peso real y que representaba al México que Reyes Heroles quería enterrar era Gonzalo N. Santos. Pero sabía que tenía que convencerlo, no alebrestarlo, explicarle, no provocar su enojo. Santos seguía teniendo poder. Era un referente casi mitológico de la política mexicana. Reyes Heroles no podía permitir que los enemigos de la Reforma se juntaran. Quién sabe si López Portillo lo hubiera apoyado en contra de los muchos dinosauros sobrevivientes a finales del siglo XX. Por ello empezó una serie de comidas con Santos en las que el potosino y el veracruzano, con otras personas, cruzaban opiniones. Como podrá el lector imaginar, los encuentros eran como ver salir a dos boxeadores desde esquinas opuestas, a dos gallos con los espolones afilados. Yo asistí a dos de ellas.

La casa del gran cacique de San Luis Potosí estaba en el Pedregal de San Ángel. Desde fuera no se miraba ninguna señal de lo que se vivía adentro. Una entrada larga para varios automóviles pasaba frente a la egoteca. No era un cuarto espectacularmente grande pero sí muy representativo de los tiempos que le tocaron vivir al potosino. Fotografías con los ex presidentes, secretarios de estado, líderes de las corporaciones, generales revolucionarios, presidentes del PRI y antecesores institucionales, carteles de corridas taurinas y él por todas partes. Pero quizá lo que más me impresionó fue la cocina.

Casualmente quedé sentado frente a la puerta abatible que me permitía mirar lo que ocurría en su interior. Allí alcancé a ver un pequeño ejército de mujeres que echaban tortillas, hacían salsas con esmero y dedicación. Todo era comida huasteca.

El personaje había transportado su hacienda al Pedregal. Nunca olvidaré que nos ofreció palmito fresco traído el día anterior de su estado natal. Reyes Heroles conocía las historias de terror que se contaban de él, pero buen lector de Gramsci, sabía del valor de las buenas maneras en política. Cualquiera que los hubiera visto saludarse juraría que eran grandes amigos: Chucho, bienvenido. Gonzalo, te ves muy bien. Ya en la mesa, enfrentados los gonzalistas y los reyesherolianos, comenzaba una conversación muy dura y por momentos acre. Yo guardaba un silencio sepulcral y miraba a Reyes Heroles con esa mirada astuta y con algo de sorna. Se lanzaron palabras muy duras. Lo asombroso era que, además, al final de las comidas, Gonzalo N. Santos leía un capítulo de sus memorias donde se ufanaba de las atrocidades cometidas en nombre de la Revolución.

El personaje tenía mucho que contar de su larga vida, nació en 1897 y murió en 1978, ello le permitió vivir la Revolución desde muy joven. Aliado con su hermano Pedro Antonio de los Santos —maderista—, finalmente entró al Ejército Constitucionalista. Venía de las balas y se le notaba. No ocultaba nada. Como Fidel Velázquez, era de la teoría de que los que llegaron por las balas sólo saldrían con balas de por medio. Esos eran buena parte de los interlocutores de Reyes Heroles.

Gonzalo N. Santos dirigió la refriega contra los vasconcelistas en 1929. Sustituyó a Saturnino Cedillo como cacique en San Luis y participó en la persecución de los almazanistas en 1940. Vamos, que era de otra generación y tenía una visión muy diferente del abogado tuxpeño. Pero Reyes Heroles tenía que pasar por ellos si quería que la Reforma Política avanzara. Seguidor de Maquiavelo, Reyes Heroles miraba a los resultados. El gran enemigo al que Santos se enfrentó en su estado fue el doctor Salvador Nava, que compitió por la gubernatura en 1961 contra uno de los títeres del cacique. Nava denunció el fraude y se convirtió en un líder moral a nivel nacional. Santos movilizó al ejército para reprimir las protestas y allí comenzó su ocaso. Reyes Heroles conocía y respetaba a Nava, recordemos que había vivido en San Luis en una casa de huéspedes de la familia

Calvillo, emparentada con los Nava. Cuando Reyes Heroles visitaba San Luis visitaba a sus amigos, los enemigos de Santos.

"El Alazán Tostado" sufrió la expropiación de su propiedad rural —"Gargaleote", decretada por López Portillo— y pasó a la historia como un representante sobresaliente del México autoritario. Tres expresiones suyas se han vuelto muy populares: "La moral es un árbol que da moras"; las consignas contra sus enemigos: "Encierro, destierro y entierro", y también "Contra los ricos hasta que nos emparejemos". Pero a él la Revolución lo emparejó con los muy ricos décadas atrás, muy rápido. Hasta allí llegaba Reyes Heroles en su pragmatismo por sacar la Reforma. Si se hubiera tenido que sentar a comer con el Diablo, lo hubiera hecho, con un buen vino de por medio.

117.

Durante la gestión de Díaz Ordaz el avión presidencial también era un viejo DC6. Al bicho se trepaban todos juntos, lo cual era una enorme irresponsabilidad institucional: miembros clave del gabinete, como el secretario de la Defensa, el de Marina, el de Gobernación, el de Hacienda, líderes de las Cámaras, en ocasiones el presidente de la Corte, los tres poderes colgados de las mismas alas. Cero protocolos, lo cual se mantuvo hasta hace muy poco tiempo. Según contaba Reyes Heroles, en la parte trasera del avión había un sillón redondo, como en media luna, y allí juntaba el presidente a sus colaboradores para platicar.

En un vuelo de regreso de no sé dónde, alguna gira en la que hubo algo de la industria petrolera a finales del 1969, Díaz Ordaz mandó llamar a Reyes Heroles solo. Abogado, ahora sí ya no tengo margen, la postulación de mi sucesor debe echarse a andar. Le pregunto, ¿usted en definitiva se descarta?, eso le dijo. Sí, presidente, creo que el principio constitucional es correcto y además déjeme decirle, de no haber el impedimento constitucional yo me inventaría uno. Se rieron. Gracias, abogado, concluyó Díaz Ordaz.

Díaz Ordaz mandó llamar a los miembros del gabinete que lo acompañaban, entre los cuales estaban los principales contendientes: Echeverría, don Antonio Ortiz Mena, Emilio Martínez Manautou, etc. Suspirantes o aspirantes reales iban en el vuelo. El presidente les pidió que se sentaran y sin rodeos les soltó: el licenciado Reyes Heroles me acaba de confirmar que su padre era español por naturalización y que por lo tanto él no puede ambicionar a la candidatura del PRI. Hubo comentarios de todo tipo, Ortiz Mena, con quien Reyes Heroles llevaba una buena relación, fue particularmente afable, lástima Chucho. Todos ya lo sabían pero se preguntaban hasta dónde iría Díaz Ordaz. El único que simplemente no pudo evitar que el regocijo invadiera su rostro fue Echeverría, al grado de que sus colegas cruzaron miradas de desconcierto. Yo no platiqué la historia durante muchos años, hasta que un día Juan Sánchez Navarro me la platicó a mí. Nunca me dijo la fuente, pero la descripción cuadraba en todo con lo que Reyes Heroles platicó en muy pocas ocasiones.

118.

Una noche me lanzó sin demasiados preámbulos, ¿ya leíste a Hermann Heller? Sí, le dije con desenfado, un capítulo de la *Teoría del Estado*. ¿Un capítulo? ¿Y La soberanía? No, le dije. Te lees completa la *Teoría del Estado* y platicamos en Cuernavaca. Salí con una sensación de regaño. Y yo que pensé que le iba a dar gusto, que algo había leído de Heller, sabía de su pasión por ese autor. Pues ni modo, como a preparar un examen. La verdad, los dos nos tomábamos bastante en serio esas discusiones.

Llegó el fin de semana. Ya solos en la terraza me miró con ojos de inquisidor y me preguntó, qué es, en última instancia, el estado para Heller. Yo no estaba frente a mi padre. En ese instante yo no era su hijo. Él actuaba, una vez más, como maestro y yo como pupilo. No podía salirle con una bobada, me lo preguntaba en serio, era su materia, la teoría del estado, era uno de sus autores predilectos. No pretendía incomodarme o imponer su criterio, sino provocarme e ir a las profundidades de un autor. Al principio divagué un poco: la República de Weimar, socialdemócrata, no marxista, peleado teóricamente con Kelsen. Empezó la cátedra privada: judío, tuvo que huir a España, de hecho uno de los primeros politólogos, porque siendo jurista fue más allá, indagó en aquello que escapa a las leyes.

De pronto me envolvió en una exposición apasionada de un autor que casi recitaba. Heller estaba en su mente, pero también en sus venas, en su corazón. Nunca he podido hablar de Heller sin recordar todo lo que de él había en mi padre. Por cierto, al final se contestó a sí mismo: cultura, el estado es cultura.

119.

Los servidores públicos —es una generalización y, como toda generalización, injusta—, van perdiendo la capacidad de divertirse como cualquier otro ciudadano: ir al cine, al teatro, a un concierto, a comer sabroso, visitar una exposición de pintura, qué se yo. Los agobian las miradas de los otros, los posibles juicios que de allí se desprendan. Por lo menos ese era el caso de Reyes Heroles. Se refugiaba en sus libros y huía de los encuentros espontáneos.

La triste década de los años setenta, con los múltiples golpes de estado en el Cono Sur, expulsó de sus países de origen a muchas personas muy valiosas que llegaron a México a dar lo mejor de sí mismos: argentinos, brasileños, chilenos, uruguayos y otros. Tuve la fortuna de toparme con varios de ellos en la Facultad de Ciencias Políticas: Fernando Henrique Cardoso, Celso Furtado, Clodomiro Almeyda, Ruy Mauro Marini, la mayoría de izquierda, muy estudiosos y valiosos. Por azares de la vida hubo dos maestros que me marcaron: Armando Cassigoli, de origen chileno, y don Carlos Quijano, uruguayo.

El primero me llevó a la epistemología, donde me recreé durante años como maestro.

Gran expositor, actor, elegante, Cassigoli embrujaba. Él me llevó a Bacon y los ídolos del teatro, a Viktor Frankl, si no mal recuerdo, cada clase era una función única e irrepetible. Perteneció a la generación de Donoso, de Jorge Edwards, distante de la literatura de compromiso. Filósofo de origen y psicólogo por pasión, Cassigoli era un ser repleto de vida que iba compartiendo día a día. Su final fue triste. Novelista, poeta, cuentista, dejó líneas memorables:

> Por lo que vivo
> maduro de esperar mis juventudes,
> cansado de inventar mi
> propia suerte,
> veo pasar la vida en cada trino,
> en cada soledad, en cada muerte.

Armando murió a los sesenta años en la Ciudad de México.

El otro grande fue don Carlos Quijano, un hombre que venía de la izquierda radical, fundador de una publicación que era referente histórico, *Los Cuadernos de Marcha.* Con el cabello tan blanco que coqueteaba con el amarillo, don Carlos llegó a México a reflexionar sobre los errores que se habían cometido desde la izquierda y que habían facilitado el camino a las dictaduras, en particular la de su país.

Cuando le platiqué a mi padre de estos personajes y de otros más, de inmediato me contestó, me gustaría conocerlos. Así que Beatriz y yo decidimos organizar cenas con muy pocos comensales. Claro, la invitación era fácil, ya no eran mis maestros. Don Carlos fue mi sinodal y allí se topó con Reyes Heroles. Las cenas eran algo sencillo, pero las conversaciones, apasionantes. Allí estaba Reyes Heroles, el secretario de Gobernación, intercambiando ideas con muchos de los radicales de América Latina. Pero hubo un postre.

Los uruguayos, que fueron un exilio de primera, contaban con una orquesta pequeña pero brillante que montó un lugar sencillo donde tocaban tango con pasión y profesionalismo, me refiero a la Camerata Punta del Este. Y allá íbamos los cuatro a escucharlos. Al final del concierto o audición varios de los músicos se acercaban a platicar, no de música sino de política, con un ministro del Interior que estaba ansioso de escuchar sus versiones de lo que estaba ocurriendo en sus países. Además de los tangos, estaba la política. No fueron pocas las ocasiones en que el local cerró con nosotros adentro. El motivo era uno: para mi padre la plática se acababa cuando se acababa. No había hora fija sino temas a ser agotados.

120.

Caminaba por el restaurante en el último piso del hotel *El Carrera*, justo frente a La Moneda, en Santiago de Chile. Era la noche previa al plebiscito, o sea, el 4 de octubre de 1988. Yo carecía de documentos oficiales para ser observador y la verdad me la pasaba bastante incómodo cuando enviaba mis despachos a México desde un télex con un agente de la Dina —terrible policía pinochetista— dando vueltas detrás de los aparatos. Subí a cenar algo y de pronto una mano tomó mi brazo, volví el rostro con cierto apremio: era Raúl Morodo. Se paró, me dio un abrazo que me supo a gloria. Con quién cenas, estoy solo, le dije, siéntate con nosotros, déjame presentarte, es Adolfo Suárez. El rostro del personaje, afable y sonriente, me cambió la noche. Es el hijo menor de Jesús Reyes Heroles. ¡Ah!, dijo Suárez, tenemos mucho de qué platicar.

1988 había sido el año de la ruptura del PRI, de gran turbulencia electoral, de la "caída" del sistema. Comenzó la plática. Suárez y Raúl querían saber detalles. Pedimos un vino chileno que Raúl ya tenía muy localizado. Así se fueron las primeras horas. La intención era levantarnos temprano para iniciar la observación: pero uno propone y el dictador dispone.

Esa noche Pinochet trató de abortar el plebiscito y hubo explosiones sucesivas que apagaron la ciudad. La vista desde *El Carrera* era de 360º grados: una bomba por aquí otra por allá. Las sirenas se escuchaban en las calles por todas partes. A eso de la media noche, el dictador lanzó un mensaje televisivo advirtiendo que "fuerzas subversivas" trataban de derrocar al gobierno chileno. El mesero nos dijo, el "Pinocho" ya empezó con sus travesuras. La madrugada del 5 de octubre de 1988, Reyes Heroles ya había fallecido y la Reforma ya daba frutos muy visibles. Con todos nuestros problemas, México se veía muy distante de lo que vivíamos esa noche.

El mesero nos avisó que, por decisión del hotel, ni el restaurante ni el bar cerrarían hasta que se fuera el último cliente, que creo fuimos nosotros. Empezaron las comparaciones: España, México y Chile. Suárez habló de las decenas de muertos y desaparecidos del franquismo. En Chile circulaba la cifra de quinientas mil violaciones a derechos humanos durante la dictadura. Pinochet había afirmado que en ese país no se movía la hoja de un árbol sin que él estuviera al tanto. A declaración de parte, relevo de pruebas.

En la madrugada, tres o cuatro de la mañana, nos avisaron que un miembro de la Junta de Gobierno se aproximaba a La Moneda. Nos asomamos por la ventana. Pinochet estaba allí en La Moneda. Tiempo después se supo que había sido Matthei a cargo de Fuerza Aérea Chilena. Fue él quien llegó a advertirle a Pinochet que los otros integrantes de la Junta no lo acompañarían en una nueva aventura golpista. Esa noche hablamos mucho de México y de su Reforma Política, en la perspectiva de Suárez y Morodo, nada que ver con los horrores de España o de Chile. Los dinosaurios mexicanos, la "guerra sucia", la represión, estaban en otra dimensión. No lo decía yo, ellos me lo afirmaban con conocimiento de causa. Desde esa noche trato siempre de matizar esas comparaciones gratuitas entre tres realidades muy distinta. Pros y contras, nuestra historia fue diferente. Gocé a Raúl y a Suárez en una larguísima noche que condujo al amanecer chileno.

121.

De la Madrid reaccionó de inmediato. Las autoridades consulares procedieron a auxiliarnos con el papeleo para poder hacer el traslado. Alfredo Valdez, con los ojos llorosos, hizo todo lo que debía hacer como si se moviera en un territorio conocido. No lo era. El TP 02, un viejo 727, llegó a Denver a medio día, enviado por el presidente. Jorge Carpizo, rector de la UNAM, habló con Beatriz, absorto. ¿Es cierto?

En el Hangar Presidencial ya esperaba una carroza fúnebre. Cuando llegamos a la casa de Arenal, cientos de personas ya lo esperaban. Lo recibieron entre aplausos prolongados, muy prolongados. Jorge Carpizo se acercó a mí y me preguntó si podía poner el escudo universitario sobre el ataúd. Lo consulté con mi madre y Jesús, adelante. Hubo goyas. Yo estaba en otro mundo, saludaba sin reconocer, abrazaba sin sentir, luchaba por contener mi dolor, ya habría tiempo. Allí estaba, al centro de la biblioteca de dos niveles donde se reunía a tomar el café y a discutir después de las comidas domingueras. Allí estaba rodeado de sus libros que lo miraban también incrédulos, quién los acariciaría como él, quién les dedicaría horas, días, su vida a leerlos, subrayarlos, hacer anotaciones ininteligibles.

No faltaron un par de arribistas que intentaron entrar, la prensa quedó afuera, era momento de privacía y dolor. La sorpresa desgarró a muchos. Logró lo que quiso, no generarle problemas a De la Madrid y morir tranquilo.

122.

Después de la muerte de Reyes Heroles tuve dos espléndidas oportunidades de encontrarme con Adolfo Suárez, la sorpresiva de Santiago de Chile y otra en la ciudad de México. A la segunda convocó a Miguel Limón, secretario de Educación en ese momento, en un privado de *La Cava*, el restaurante al sur de la ciudad que se convirtió en el "comedor universitario". Recuerdo que, además del anfitrión y el invitado de honor, estaban Miguel Ángel Granados Chapa y Rafael Segovia. Miguel, Rafael, Manuel Camacho, Carlos Pereyra y Samuel del Villar habían estado en una reunión en Madrid con Suárez, ya habiendo dejado Reyes Heroles Gobernación. Al salir de esa reunión se fueron a tomar un café y platicar. Suárez ya estaba viendo su arrinconamiento. Lo veo desgastado, le dijo Reyes Heroles a Limón, pero va bien porque, o se trabaja para la historia o se navega con bandera de pendejo.

En *La Cava* Suárez contó historias sensacionales, como cuando tuvo que pactar, a la palabra con Santiago Carrillo, que Las Cortes reconocerían a los sindicatos y el derecho de huelga, lo cual estaba fuera de su ámbito de decisión. Por su lado, Carrillo se comprometió a que el Partido Comunista reconociera la monarquía. Tampoco estaba en sus facultades, pues debía pasar por los cuerpos colegiados del Partido. No había cómo pactarlo por escrito. Se despidieron, se miraron a los ojos y, según describió Suárez, él quedó tranquilo. El presidente se abocó a lograr el acuerdo en Las Cortes, después de una larga plática con el rey Juan Carlos. Pero pasaban las semanas, los meses, y nada del otro lado. Un día un general se le apersonó en su oficina sin cita y en pocas palabras le dijo que era un ingenuo e idiota, que los comunistas nunca cumplirían. Suárez narró cómo tuvo que amenazarlo con llamar a los miembros de seguridad para sacarlo del despacho. O sea que las resistencias allá eran de otro nivel. Los duros querían tirar a Suárez y ese era el momento perfecto.

Suárez narró otra historia fantástica en la cual el día del llamado 23F de 1981, cuando se dio el intento de golpe de estado en España, después de la balacera de Tejero donde sólo él y Gutiérrez Mellado no se fueron al piso para protegerse. Suárez fue conducido a un cuarto. Durante la caminata por el pasillo un joven militar se le cuadró. Suárez contaba que pensó: no todo está perdido, la República ya está en la mente de muchos españoles. Contó que Tejero entró a ese cuarto y lo encañonó y el presidente le espetó, "Cuádrese". Tejero bajó el arma. Otro militar, De Santiago, le lanzó: "Te recuerdo, presidente, que en este país ha habido más de un golpe de estado", a lo cual Suárez respondió, "y yo a ti te recuerdo, general, que en España sigue existiendo la pena de muerte".

Suárez miraba a México y a Reyes Heroles y pensaba, según nos dijo, ustedes están mucho más institucionalizados que nosotros. No veo a los generales mexicanos levantándose en armas. Miguel Limón acudió al lenguaje taurino, una de sus pasiones, para plantear una pregunta incómoda, así lo frasea:

> Pienso que cuando la política es verdadera admite asemejarse al arte del toreo. Desde que le conocí en Madrid y al permanecer atento a su actuación, usted me ha parecido un gran torero: poder, valor, arte. Sin embargo, con todas las habilidades puestas en juego, el toro lo pescó; se vio obligado a presentar su dimisión. Quisiera preguntarle, ¿a qué atribuye el percance? ¿Estaba usted fuera de sitio? ¿Equivocó la suerte? ¿Le perdió la cara al toro? ¿Lo distrajo el público o el toro no fue al engaño? ¿A qué o a quién atribuye usted la cornada? ¡A la cuadrilla!, respondió inmediatamente y sin pesarlo como quien sabía de antemano la respuesta… Que mientras estaba yo aquí metido con el bicho, hacía el ademán sosteniendo la muleta, con un toro sumamente difícil, había detrás de mí un insensato moviendo el capote hasta

lograr distraer al toro en el momento preciso. Fue entonces que éste hizo por mí en lugar de ir sobre el engaño.

123.

Se decidió que sólo hubiera un homenaje en la SEP, su hogar político en ese momento. Fue en el patio central y el orador principal fue Jorge Carpizo. El presidente estuvo presente. Yo empezaba a regresar a este mundo. Hacía muchos años que un secretario no moría en funciones y, por lo tanto, la preparación del homenaje tuvo un carácter en algo inédito. Lo próximo que recuerdo es la entrada al Panteón Francés en esa hermosa calzada en la cual las jacarandas estaban en todo su esplendor. Tampoco hubo palabras. El presidente De la Madrid y su esposa estuvieron allí en todo momento. Al terminar alguien gritó, ¡Viva Reyes Heroles! Nunca sabré quién fue. Muchas gargantas se adhirieron para después secarse. De allí nos fuimos a Arenal a comer solos en familia y a empezar el inacabable duelo.

Mi padre ya descansaba.

124.

Ya en México, pocas semanas después, Jorge Carpizo me ofreció ser coordinador de Humanidades de la UNAM, mucho trabajo en un momento delicado de la institución. En principio yo no quería, pero Jorge insistió, te vas a distraer, me dijo, y acepté. Pensé que la terapia ocupacional se encargaría de llevar mi luto y salir de él. Allá, en el último piso de la Torre de Humanidades II, pasaba largas horas preparando sesiones del Consejo Técnico, del Consejo Universitario en lo que a mí correspondía, atendiendo a directores que eran grandes personalidades. Tenía treinta años. Hacía deporte, cuidaba mi alimentación y soportaba sin problemas las jornadas largas como las sesiones de Consejo Universitario que comenzaban a las cinco de la tarde y terminaban doce horas después. ¡Amanecíamos en Rectoría!

Un día Glafira Espíritu Santo, en verdad un ángel, entró y me dijo, llegó la señora Beatriz. No habíamos quedado de vernos y la única otra aparición en esa oficina se debió a un choque, en su Volkswagen 67, justo enfrente de Rectoría. Me preocupé y salí a recibirla, qué pasó flaca. Entró, cerró la puerta, me abrazó y me dijo, vamos a ser papás. Ella decidió que el vacío era tan grande que había que llenarlo con nueva vida. Así llegó a mi existencia el primero de los dos afortunados brotes de vida. Años después vendría el segundo.

En esas estábamos cuando una noche, platicando con Gerardo Estrada, allí en la Torre, comencé a sentirme mal, ansioso, con las manos frías y el rostro caliente, dolor en el pecho. Me acosté en el piso, Gerardo era una amistad de viejo. Pensé que se me había bajado el azúcar. Pero el malestar no respondió ni con Coca Cola ni con nada. Yo me moría. José Narro era secretario general Académico y doctor. A él le hablamos. Me auscultó y me dijo, todo indica que es cardiaco. Beatriz esperando y yo rumbo al Instituto de Cardiología en una destartalada ambulancia de la UNAM. De inmediato en urgencias me empezaron a monitorear y pocos minutos después un médico con toda claridad me dijo, su corazón está perfecto. Por aquí no es. Llegué a la casa con un dolor de pecho muy fuerte y muy asustado. El dolor me duró varios días.

El cuadro se repitió en varias ocasiones hasta que le hablé a un amigo psiquiatra, Alfonso Millán, que estaba en la Dirección de Servicios Médicos de la UNAM y le ayudaba al rector Carpizo en labores políticas en las que yo participaba parcialmente. Fui a platicar con él a su casa. Ya sabía del caso y se había preparado. Me ofreció un generoso whisky y me preguntó qué día fue el primer episodio, empecé a echar cuentas, el 18 de marzo por la noche. Se quedó callado. Simplificó: ya tienes la respuesta, estás somatizando, una reproducción de un cuadro de muerte porque no has sacado tu duelo. El vacío me devoraba y yo necesitaba vivirlo. Leí mucho al respecto y sólo entonces me di cuenta de lo que la muerte del padre trae consigo. En él se concentran por lo normal la autoridad, la sensación de contar con un guía, la protección de un mayor, asuntos muy complejos. Me llevó mucho tiempo dejar de somatizar. Y, por supuesto, cada vez que me ocurría pensaba en mi padre. La psique es compleja y el dolor profundo necesita atención y tiempo. Aprendí la lección, a la mala.

125.

Por qué escribir un texto como este. Quizá para contar historias de Reyes Heroles que me parecen interesantes, sobre todo porque hablan de un México que está desapareciendo, pero también de un México que todavía explica parte de lo que hoy somos. Quizá porque el promedio de edad de los mexicanos es de 26 años, la gran mayoría son jóvenes y no tienen por qué conocer cómo se inició la transformación política que ellos viven hoy como algo normal. Quizá porque los mitos y estereotipos nos ocultan a los seres humanos que están detrás de ellos. ¡Por ejemplo el humor de Reyes Heroles! Quizá porque la historia de mi padre, sus orígenes, su tenacidad, su lucidez, su determinación para cambiar a su país, hablan de un México que con frecuencia olvidamos.

Quizá porque esos jóvenes deben saber que, más allá de los partidos, también hubo muchos mexicanos, comprometidos con el servicio público, honestos, apasionados e —increíble—, muy estudiosos. Quizá por orgullo, por supuesto, por orgullo y porque precisamente una de sus enseñanzas fue que el único patrimonio verdadero en la vida es el respeto de los demás que él obtuvo y con creces. Y, lo más sencillo, porque hubiera sido muy ingrato no contar su historia. Por cariño, que no es una mala razón.

El tiempo pasa y esta autobiografía de otro, esta viñeta, ya no me resultó dolorosa, por el contrario. El tiempo me ha permitido reconciliarme con la vida y leer con mayor claridad la fortuna de haber llevado una relación tan intensa con él, con ambos, con mi padre y con el político. Durante muchos años supuse que era normal, que el amor hacia el padre era natural y que, como un árbol, crece y se fortifica. Pero he encontrado que no es así, que con frecuencia la distancia entre padres e hijos es abismal y pienso, qué triste, qué desgracia. Quizá, como nos sucedió al gran Eraclio Zepeda y a mí en Suecia, llevar una buena relación con los padres sea *altmodisch*, pasado de moda, con tintes conservadores, y lo lógico sea el rompimiento, la lejanía. No lo entiendo. Y tuve un padre de una personalidad muy fuerte.

Pero cómo añoro todavía poder echarme un whisky con él y comentar la desaparición del bloque socialista, la globalización, la nueva Europa, la monarquía española, los avatares de los argentinos, el papel de China, la salida y regreso del PRI, el destino de la oposición, o los múltiples textos que han aparecido y que le dan la razón a Heller: la cultura al centro de la discusión. Una plática o discusión larga sobre las nuevas características del estado sería un verdadero privilegio. Ahora lo valoraría exponencialmente.

Al inicio fue tan natural que quizá no le di la correcta dimensión humana, amistosa, filial, ¡y teórica!

El viejo, que no lo era, de seguro ya estaría informado y leyendo la prensa extranjera, que le interesaba mucho. ¿En un iPad? No lo sé. No imagino sus dedos tocando sutilmente una pantalla, pero en fin, aprovechando las nuevas oportunidades, sin duda. Jamás hubiera dejado sus libros, pero gozaba caminar por Buenos Aires, París o Nueva York y ver los excelentes puestos de venta de periódicos de todo el mundo. Para él eso era una clara demostración del nivel educativo de un país.

Estas líneas no son un homenaje, ¿quién soy yo para hacérselo? Además, no lo necesita. Son una descripción tan puntual como me fue posible de lo que recuerdo y de seguro están pobladas de mentiras involuntarias que, por lo tanto, no son mentiras. Pero en todo caso no son muchas, cualquiera puede consultar las referencias en la Red. Algunas exageraciones que arroja la siempre mañosa memoria, ese tiempo subjetivo que todo lo altera, eso sí. Pero, gocé escribir y obligarme a recordar, que es una forma de vivir, comentar con amigos que lo conocieron y que de pasada me ayudaron a recordar más. Los recuerdos traen recuerdos. Del dolor indescriptible de aquel momento he pasado al gozo de la memoria. Me quedo con él completo, con todo y sus cigarros, que hoy tanto detesto.

126.

Orfandad remite en primera instancia al huérfano, "Estado de huérfano". Allí empiezan las complicaciones. *Huérfano* a su vez se refiere a una persona de "menor edad" —yo no lo era cuando murió mi padre— "a quien se le han muerto el padre y la madre o uno de los dos". Hasta allí no hay problema. Curiosamente la Real Academia destaca la ausencia del padre, "especialmente el padre". ¿Por qué? No da más pistas. ¿Se es más huérfano por esa ausencia? Víctor Hugo brincaría de su tumba si lo supiera: Cosette no conoce a su padre, no es huérfana hasta que muere Fantine. Pero la Academia después añade a las personas que han perdido a los hijos. ¿Son huérfanos? En su tercera acepción afirma: "Falto de algo, y especialmente de amparo". Y en *orfandad*, también en su tercera acepción, lanza: "Falta de ayuda, favor o valimiento en que una persona o cosa se encuentran". Huérfano no, pero la orfandad sí me visita. No he dejado de añorar esa voz con autoridad, esa experiencia cavilada y conceptualizada, esa tranquilidad hasta para morir. Cómo no añorarlo, si me hacía bromas, como el "alcoholito" para despertar, si comentábamos de todo, hasta las notorias imperfecciones de mujeres bellísimas. Cómo no añorarlo si me enseñaba, y no me refiero sólo a Heller, me refiero a su actitud personal. Cómo no añorarlo, si era generoso con su tiempo al grado de sacrificar horas de sueño en plena responsabilidad oficial, con tal de platicar con un imberbe. Cómo no añorarlo, si era un gran tipo, un tipazo.

127.

Con frecuencia, sobre todo cuando regreso del aeropuerto, lo paso a ver. Ahora es, los paso a ver, pues se encuentra en compañía de mi madre. Me paro unos minutos frente a la tumba, en silencio. Con los años las lágrimas han desaparecido, en su lugar me invade una sonrisa. Qué inteligencia, qué pasión por su país, sí. Pero también qué humor, qué picardía, qué ganas de gozar la vida. Me pregunto cómo combinó todos esos mundos. Es algo que todavía trato de descifrar. La reputación de Reyes Heroles sigue creciendo, y no sin razón. Su solidez ética, su calidad humana, su seriedad, su entrega. Es difícil encontrar equivalentes. El fenómeno de su reputación contrasta con la fragilidad de los nuevos dirigentes. La sociedad mexicana ha visto un desfile de desfiguros que parecieran no tener fin.

Le dolió morir fuera de México, sí. Por eso no puedo escuchar "México lindo y querido, si muero lejos de ti…", se me cierra la garganta. Todo mundo se enteró que había muerto, no estaba dormido. Así no lo pudimos traer.

Pero regreso al panteón. Hace años, cuando las jacarandas floreaban en la Ciudad de México, a mí me invadía una oquedad, una tristeza muy profunda. Mis primaveras estaban marcadas por un dolor. La fecha de su muerte y su cumpleaños son cercanas, murió el 19 de marzo y nació el 3 de abril. Normalmente las jacarandas nos acompañan en ambos días. Pero ya no me visita la tristeza. Ahora me ocurre lo contrario, en ocasiones lo recuerdo hacer sus bromas cuando voy manejando y me río en soledad. En otros momentos me vienen a la mente sus actuaciones públicas, su franqueza mortal, su gozo de lo inmediato, el dominó, sus Clark's, sus menús, su inseparable cigarro. Disfruto cuando me platican nuevas anécdotas y me lo imagino. No cuestiono su veracidad, eso es lo de menos. El personaje da para eso y más. Camina solo.

Lo extraño, pero la vida también se alimenta de añoranzas.

Agradecimientos

Los recuerdos traen más recuerdos. Pueden estar en la propia mente o en la de otros. Esa cascada de imágenes y precisiones puede ser una actividad muy grata. Este libro me obligó a conversar con amigos, todos, que conocieron a Reyes Heroles en alguna fase de su vida pública. Los gocé minuto a minuto. Otros que deberían estar en esta lista ya no se encuentran entre nosotros. La mecánica para los encuentros fue muy sencilla: una llamada con suficiente antelación para advertirles del tema y en qué momento de la trama aparecían ellos. La intención era la de ir calentando, no motores, pero sí neuronas, esas donde se guardan los recuerdos. Funcionó. Después, una comida o cena con la advertencia de que acabaría cuando los recuerdos nos abandonaran. Nunca terminaron así, por el contrario, todavía al despedirnos alguna imagen nos asaltaba. Agradezco, en estricto orden alfabético, a:

Jorge De la Vega Domínguez por las horas dedicadas a reproducir casi minuto a minuto las reuniones de los negociadores durante el 68;

a Rodolfo Duarte por ayudarme a recordar el proceso de elaboración de la LOPPE, de la cual fue coautor;

a Gerardo Estrada por la infinidad de matices que lleva en su mente, de una historia que en ocasiones es presentada como caricatura;

a Luis González de Alba por la capacidad de reproducir observaciones muy puntuales que sólo él vivió, infinidad de recuerdos que nos condujeron durante una inolvidable cena;

a Miguel Limón, quien, desde la severidad del concepto y la pasión por lo público, me ofreció facetas de Reyes Heroles que yo no había contemplado;

a Raúl Morodo, quien, a través del correo electrónico, me trazó la ruta de los viajes paralelos —con todas las diferencias del caso— entre la apertura y transición española y la mexicana. El encuentro personal está pendiente;

a David Pantoja Morán, amigo y colaborador de Reyes Heroles, quien tuvo la oportunidad de verlo actuar de cerca en pasajes muy diferentes;

a Guillermo Soberón, quien, con su generosidad habitual, me relató capítulos delicadísimos de la vida interna de la UNAM y las disyuntivas éticas que enfrentó;

a Diego Valadés quien, desde una trinchera muy diferente, la UNAM, vivió momentos definitorios de la vida de nuestro país,

A todos, gracias. Ya buscaremos nuevos pretextos para encontrarnos.

Intelectuales y académicos que expusieron sus puntos de vista en las sesiones de consulta para la Reforma Política de 1977

Aguilar Talamantes, Rafael
Amador, Jorge
Aroche Parra, Miguel
Arroyo de la Parra, Miguel
Azuela Güitrón, Mariano
Becerril Straffon, Rodolfo
Camacho, Manuel
Carrasco B., Marivilia
Carrillo Flores, Antonio
Castillejos Ortiz, Armando
Castillo Martínez, Heberto
Colmenares, Francisco
Chuickshank, García, Jorge
Chumacero Sánchez, Blas
Delhumeau, Antonio
Esperón, Roberto
Estrada Sámano, Fernando
García Cárdenas, Luis
García Ceceña, Sóstenes
Gaxiola Ochoa, Francisco Javier
González Azcuaga, Pedro
González Gollaz, Ignacio
González Graf, Jaime

González Hinojosa, Manuel
Gordillo, Gustavo
Jaramillo Flores, Roberto
Jardón Arzate, Edmundo
Landerreche Obregón, Juan
Lazcano, Jesús
Limón Rojas, Miguel
Lira Mora, Humberto
Lizárraga, Alfonso
Marcos, Patricio E.
Martínez Báez, Antonio
Martínez Nateras, Arturo
Martínez Verdugo, Arnoldo
Medina, Gerardo
Nava, Lucinda
Noriega Cantú, Alfonso
Olmedo, Raúl
Ortiz Mendoza, Francisco
Palacios, Manuel R.
Pantoja Morán, David
Paoli, Francisco Javier
Pereyra Boldrini, Carlos
Pérez, J. Encarnación
Ramírez Garrido Abreu, Graco
Ramírez y Ramírez, Enrique
Rincón Gallardo, Gilberto
Rivera Pérez Campos, José
Rodríguez, Primitivo
Rodríguez Araujo, Octavio
Rodríguez Arcos, Ezequiel
Rodríguez Lozano, Rubén
Salazar Mallén, Rubén

Salcido, Arturo
Sánchez Cárdenas, Carlos
Sansores Pérez, Carlos
Segovia, Rafael
Serra Rojas, Andrés
Sirvent, Carlos
Soto Sánchez, Eugenio
Tena Ramírez, Felipe
Terrazas, Manuel
Vallejo, Demetrio
Velasco, Miguel Ángel
Villoro, Luis
Zavala Echavarría, Iván
Zea, Leopoldo

Índice onomástico